LUZIFER
VERLAG

DONALD TRUMP UND DAS HAARTEIL DES GRAUENS

GREG SISCO

This Translation is published by arrangement with Greg Sisco
Title: Donald Trump and the Hairpiece of Evil

Deutsche Erstausgabe

Titel der Originalausgabe:
DONALD TRUMP AND THE HAIRPIECE OF EVIL

Cover & Umschlaggestaltung: Michael Schubert
Übersetzung: Madeleine Seither
Lektorat: Johannes Laumann

ISBN: 978-3-95835-293-3

Printed in Germany

Bibliografische Information der Deutschen Nationalbibliothek:
Die Deutsche Nationalbibliothek verzeichnet diese Publikation in der Deutschen Nationalbibliografie; detaillierte bibliografische Daten sind im Internet über http://dnb.d-nb.de abrufbar.

TEIL I

Donald Trump und das Geschäft mit dem Ego

Kapitel 1

Die Kreatur unsagbaren Schreckens glitt aus dem Schaum, der auf dem amerikanischen Sumpfbett brodelte. Auf tausenden nadelspitzen Beinen zwang sie ihre grausige Gestalt zum Ufer hinauf, während sich die ersten Anzeichen des Tageslichts am Nachthimmel zeigten. Sie suchte Schatten. Schatten und Nahrung.

Die Kreaturen des Sumpfes wurden still, nahmen Kenntnis von der neuen Präsenz. Ihre Schreie blieben ihnen in ihren Bäuchen stecken, ihre Muskeln erstarrten, ihr kaltes Blut wurde kälter.

Wo Wasser und Schlamm aufeinandertrafen, stand eine einzelne Ochsenfröschin wie gelähmt da, während sie ihren kleinen Sohn beim Schwimmen beobachtete. Er spritzte aufgeregt um sich und erzeugte kleine Wellen, dabei sang er voller Freude in der feuchten Herbstluft.

»Sohn!«, raunte die Ochsenfröschin. »Hör auf! Sei still!«

Die nadelspitzen Beine tippelten über den Schlamm und trieben die Kreatur unsagbaren Schreckens flink und beinahe geräuschlos über das Ufer, auf die Fröschin und ihren Sohn zu.

»Mami, sieh mal, wie schnell ich schwimmen kann!«, rief der junge Ochsenfrosch.

»Schatz …«, flüsterte die Mutter und im nächsten Moment brach ihre Stimme, verwandelte sich unkontrolliert von einem Wispern in einen Schrei. »Hör auf!«

Der junge Frosch hielt inne. Sogar das schwache Geräusch der nadelspitzen Beine rechts der Fröschin verstummte für einen Moment. Dann kehrte es zurück, lauter, schneller, mit unheilvoller Entschlossenheit durch den feuchten Schlamm auf den Mutterfrosch zu tipp-tap-tippelnd. Sie schloss die Augen und spürte, wie Tränen unter ihren Lider hervorquollen. Einen Moment später wurde sie verschlungen, ihr ganzer Körper von tausend Nadeln gleichzeitig durchbohrt, die ihr die Lebenskraft aus dem Leib saugten.

Die Kreatur unsagbaren Schreckens sättigte sich an den Flüssigkeiten der Fröschin und nahm ihre Farbe an: Sie wurde zu einem Bündel aus kotzegrünen und pissgelben sumpfsafttriefenden Nadeln – ein abscheuliches, hässliches Grauen gleich eines weggeworfenen Toupets.

»Mami!«, schrie der junge Frosch, der in der trüben Flüssigkeit schwamm. »Mami, nein!«

Die Kreatur unsagbaren Schreckens wirbelte herum und das Quaken des jungen Frosches blieb ihm im Halse stecken.

Die Kreatur unsagbaren Schreckens näherte sich. Sie hatte bereits gespeist. Die Mutterfröschin würde den Tag über vorhalten. Es wäre Völlerei, aber es wäre auch Gnade.

Das Kind war jetzt eine Waise, auf sich gestellt, weil die Kreatur gefressen hatte, und daraus ergab sich eine Verantwortung.

Ein Kind sollte nicht ohne Mutter sein müssen.

Die Kreatur machte einen Satz und ihre Nadeln verwandelten das Froschkind in ein Nadelkissen, vereinten es mit seiner Mutter.

Da sollte noch einer behaupten, die Kreatur unsagbaren Schreckens sei kein Familienwesen.

***

»Mr. Trump, Sie müssen aufhören, Geld an alle zu verschenken, die es brauchen«, sagte Sy.

Der makellos frisierte Trump lachte nur.

Die Intervention war schon über eine Stunde im Gange. Geschäftspartner, Assistenten, Freunde, Familie, die im Kreis in seinem bescheidenen Wohnzimmer saßen – sie alle wechselten sich damit ab, ihm zu sagen, dass er zu großzügig war, zu selbstlos.

»Erinnern Sie sich an das eine Mal«, sagten sie, »als Sie diesem obdachlosen Mann zehntausend Dollar gegeben haben?«

»Erinnern Sie sich daran, als Sie drei Millionen Dollar in einer Woche verdient und dann fünf für wohltätige Zwecke gespendet haben?«

»Ich war am Boden zerstört, als Sie das Haus dieser Frau von der Bank kauften, nur um es ihr zurückzugeben. Wo war das Profitmotiv?«

Trump stand auf.

»Ich weiß zu schätzen, dass ihr euch alle um mich sorgt. Wirklich. Aber was ihr zu ändern versucht ist der fundamentale Kern dessen, wer ich bin.«

Während er sprach, bewegte er sich auf das eingerahmte Poster zu.

Jedes Mal, wenn er neue Besucher hatte, fragten sie ihn nach dem Poster. Es hing an der Wand gegenüber der Couch, über einem Fernsehtisch, anstelle eines Fernsehers. »Wo ist Ihr Fernseher?«, fragten ihn seine Gäste und er zeigte aufs Poster. »Das sind die Nachrichten. Das ist alles, was man wissen muss.« Und dann lächelten sie normalerweise und schüttelten die Köpfe. Manchmal lachten sie ihn aus, manchmal sagten sie, sie wünschten, wie er sein zu können, aber ihre Reaktionen waren nicht wichtig.

Das Poster zeigte ein Zitat, das gern Mahatma Gandhi zugeschrieben wurde. Die Zuordnung war fragwürdig, aber die Eindringlichkeit der Botschaft verlieh ihr Glaubwürdigkeit, so oder so. *Sei du selbst die Veränderung, die du dir wünschst für diese Welt*, stand auf dem Poster.

»Das mache ich anstelle fernzusehen«, sagte Trump zu allen Anwesenden. »Jeden Tag sitze ich auf dieser Couch und denke darüber nach. Welche Veränderung möchte ich in der Welt sehen? Wie kann ich *persönlich* die Welt *heute* zu einem besseren Ort machen? Also, welche Veränderungen möchtet ihr in der Welt sehen? Wollt ihr dabei zusehen, wie sich die Menschen selbst isolieren, horten, was sie haben, süchtig nach materiellen Besitztümern, und ihre Nester bauen, voller Gleichgültigkeit oder mit obszönen Gesten für jene, die heute nichts zu essen haben?«

Niemand sah ihm in die Augen, und so fuhr er fort.

»Wir sind eine Nation voller Laptops und Smartphones, Großbildfernseher, Autos und Trucks und Motorräder. Wir haben riesige Häuser – fünfmal so viel Platz, wie wir zum Leben brauchen, manchmal hundertmal. All diese Besitztümer, das sind hundert Dollar hier, tausend da, zehntausend für dies, hunderttausend für das. Und da draußen sterben Menschen. Sie *sterben* und es kostet sie einen Dollar am Tag, um zu überleben. Ihr kauft einen Tausend-Dollar-Computer und ein Kind stirbt und es hätte weitere zehn Jahre leben können, wenn ihr einfach den Computer in der Bibliothek benutzt hättet, aber darüber denkt ihr nicht nach. Niemand denkt darüber nach. Die Menschen … es ist ihnen einfach egal. Alle wollen, dass was getan wird, aber jeder will, dass jemand anderes es tut. Jemand Reicheres. Wir gehen bis ans Limit unserer Mittel und überzeugen uns selbst davon, dass wir pleite sind, aber wir sind nicht pleite. Auf einer globalen Skala geht es den meisten von uns als Individuen gut. Also helft jemandem. Helft jemandem, der weniger reich ist. Wir alle sind für irgendwen reich.«

»Sie besitzen eine Menge Geld«, sagte Sy, »aber Sie könnten mehr haben. Wenn Sie mehr ins Geschäft stecken und weniger da hinein, Menschen zu helfen, könnten Sie das Geschäft so sehr vergrößern, dass …«

»Was wäre der Sinn?«, fragte Trump. »Geld zu verdienen, um mehr Geld dafür auszugeben, mehr zu verdienen, wieder und wieder … Wie viel muss man verdienen, bis man anfängt, sich um die Menschen zu kümmern, die weniger haben?«

»Wir sind schlicht darum besorgt, dass Sie den Wert eines Dollars verkennen«, sagte Sy.

»Manchmal habe ich Ihretwegen dieselben Bedenken«, sagte Trump.

***

Die Kreatur unsagbaren Schreckens huschte auf ihren nadelspitzen Beinen durch die Straßen von Manhattan. Durch Gassen und hinter Müllcontainern kroch sie voran, auf der Suche nach einem, der vor dem in Strömen vom blitzenden Himmel herunterklatschenden Regen floh.

Auf der anderen Straßenseite erhellte ein Licht aus einem Fenster den verregneten Gehweg wie eine Werbeanzeige für Wärme. Autos sausten über den Asphalt und jagten Wellen von Regenwasser und Abfällen über den Beton, wo sich einige unglückliche Menschen zusammendrängten und in Gebäude eilten oder einen geschützten Ort zum Schlafen suchten.

Sei du selbst die Veränderung, die du dir wünschst für diese Welt, verkündeten die Aufkleber auf den Autos, die die Obdachlosen nass spritzten.

Die Kreatur unsagbaren Schreckens verstand keine Ironie, aber die Worte widerten sie auf einer instinktiven Ebene an.

Die Kreatur schlüpfte hinter einem Müllcontainer aus der Gasse hervor und auf den Bürgersteig. Ehe sie die Straße erreichte, zerriss der Schrei einer Frau die Nacht und ein hochhackiger Schuh ließ sie auf die Gehwegplatte stürzen. Eine junge Frau rechts der Kreatur stolperte rückwärts, noch immer kreischend, während ein Mann sie bei den Schultern festhielt und ihr sagte, dass sie in Sicherheit war.

Einen Augenblick lang malte sich die Kreatur aus, wie sie das Paar ansprang und das Leben aus ihnen saugte, aber stattdessen drehte sie sich um und floh über die Straße, auf das Fenster mit dem wärmenden Lichtschein zu.

»Was war das?«, fragte der Mann.

»Es sah aus wie das hässlichste Haarteil, das ich je gesehen habe, aber es hat sich bewegt«, sagte die Frau.

»Vielleicht saß eine Ratte drin?«, schlug der Mann vor.

»Vielleicht …«

Die Kreatur huschte flink am Backstein des beleuchteten Gebäudes hinauf und schlüpfte durch einen Lüftungsschacht auf dem Dach ins Innere. Sie kletterte durch eine dunkle und schmutzige Röhre, bis Licht von der anderen Seite eines Stahlgitters hereinschien. Mit ihren nadelspitzen Beinen zerschnitt sie das Metall und schlüpfte in die Wohnung.

Ein makellos frisierter Mensch lag schnarchend auf der Couch im Wohnzimmer. Eine verstellbare Lampe war so ausgerichtet, dass sie auf das Poster ihm gegenüber zeigte. Die Kreatur erklomm die Rückenlehne des Sofas und inspizierte den Menschen. Er war guten Alters, nicht zu jung oder zu alt. Seine Wohnung, wenngleich nicht protzig oder groß, suggerierte Wohlstand. An den Wänden hingen Fotos, auf denen er vor teuren Hotels mit Eröffnungstagsbannern stand. Es gab Zeitungsausschnitte mit seinem Bild darauf, Zertifikate, die ihm für wohltätige Spenden dankten.

Ja. Dies war ein Mensch mit einem gewissen Maß an Macht und Reichtum, in der Blüte seines Lebens, mit Verbindungen zu anderen bedeutenden Persönlichkeiten. Ein Mann mit Einfluss. Er wäre genau richtig.

Die Kreatur unsagbaren Schreckens sprang auf Donald Trumps Kopf und bohrte ihre Nadeln in sein Gehirn.

Trump fiel nach vorn, brachte seinen Couchtisch zum Kippen, während er zu Boden stürzte, und katapultierte dabei eine Schüssel voller bunter Süßigkeiten über sich. Er schrie und eine seiner Hände fuhr zu seinem Kopf hinauf, um die Kreatur unsagbaren Schreckens zu packen und sie mit aller Kraft von seiner Kopfhaut wegzuzerren. Doch die Nadeln waren lang und die Kreatur klammerte sich fest, grub sich noch tiefer und fand Halt in den Furchen von Trumps Gehirn. Sie suchte nach dem Frontallappen, nach dem Motorcortex. Wenn sie die M1 manipulieren könnte, könnte sie ihn davon abhalten, sie abzureißen, und der Rest wäre einfach.

Trump ging in die Knie und brachte beide Hände an seinen Hinterkopf, schloss beide Fäuste fest um die Kreatur unsagbaren Schreckens und zerrte sie von sich weg. Sie bewegte sich langsam, zog die Haut von seinem Kopf ab, während er sie entfernte, aber er zwang sich, den Schmerz auszuhalten und weiterzukämpfen.

Eine einzige Nadelspitze der Kreatur fand den Gyrus praecentralis und wand sich in Kreisen, suchte verzweifelt weiter, während die anderen Nadeln aus der Kopfhaut gezogen wurden. Mit einer letzten Anstrengung trieb die Kreatur unsagbaren Schreckens ihre Nadel durch das gesamte Gehirn, landete mit der Spitze im Kleinhirn, wo sie Trumps System einen Schock verpasste, sein Gleichgewicht störte und ihn mit dem Gesicht zuerst auf den umgedrehten Couchtisch stürzen ließ. Mit dem Rest ihrer Nadeln fand die Kreatur die M1 und übernahm die Kontrolle.

Trump hörte auf zu schreien. Mit einer Reihe ruckartiger Bewegungen, von der Kreatur unsagbaren Schreckens gesteuert, stützte er sich auf Hände und Knie und kroch über den Boden. Der Fernsehtisch bot ihm Halt, als er sich erhob.

»Ich … bin … der Donald«, ließ die Kreatur ihn sagen.

Er lächelte.

Die Kreatur sandte Schockwellen durch sein Gehirn, die ihn die Hände bewegen ließen, die Finger zusammenziehen, die Fäuste schließen und öffnen. Sie hob seine Arme, zuerst einzeln, dann zusammen, und übte die Bewegungen des Donalds.

Sie drehte seinen Kopf zur Seite und begutachtete das eingerahmte Poster, das an der Wand hinter dem Fernsehtisch hing.

Sei du selbst die Veränderung, die du dir wünschst für diese Welt.

Die Kreatur ließ Trump eine Faust machen und sie in den Rahmen rammen. Das Glas zerbrach und regnete auf den Fernsehtisch nieder. Sie griff in den Rahmen, packte das Poster und riss es in Fetzen.

***

»Ich werfe nicht mit dem Namen Trump um mich«, sagte Donald Trump in sein Mikrofon der Marke Trump, während er in eine Kamera der Marke Trump sprach. »Ich verleihe ihn nur den besten Dingen. Wenn Sie ihn also hören, wissen Sie, dass das, worüber ich rede, großartig ist, genau wie ich.«

Auf einem glitzernden Goldtransparent hinter Trump stand ›Trump‹, und der Großteil der Crew trank Trump-Cola.

Hinter der Kamera stand Sy auf, mit verschränkten Armen, und klopfte sich mit einem Finger auf den Oberarm. Zwei Wochen lang hatte er sich den Kopf zerbrochen und jetzt fiel ihm endlich ein, woran Trumps neue Frisur ihn erinnerte: an eine Affenpfote. Es handelte sich nicht um eine direkte Ähnlichkeit – obwohl der neue Style nicht viel attraktiver war als ein verstümmelter Leichnam –, sondern vielmehr um eine Erinnerung an die alte Volksmär vom verfluchten Objekt, das Wünsche erfüllte.

Vor zwei Wochen hatte Trump Sy und mehrere andere enge Freunde und Geschäftspartner ausgeschimpft und ihnen dann dafür vergeben, dass sie angedeutet hatten, dass er womöglich ein wenig selbstloser als finanziell verantwortlich war. Zwischen diesem und dem nächsten Treffen hatte er anscheinend eine Froschsaft-Haarfarbe gekauft und einen Stylisten eingestellt, um ihm die *Troll-Puppen-Behandlung* zu verpassen.

In derselben Zeitspanne, ob aus Zufall oder aufgrund einer ungesehenen Verbindung, war ihr Wunsch erfüllt worden – wie in der Geschichte der Affenpfote –, auf solche Weise, dass es einen veranlasst, seinen Wunsch rückgängig machen zu wollen. Trump war nicht länger selbstlos. Er wollte Geld. Er wollte Anerkennung. Er war so gierig und wichtigtuerisch, dass er für alle anderen Menschen blind zu sein schien.

Trump öffnete den obersten Knopf seiner Trump-Jacke, während er sprach.

»Deshalb arbeite ich mit dem Team von Trump-Schneemobile, um Trumps kombinierte Bandschleifnagelfeilmaschine herzustellen. Mit ihrer einfach zu bedienenden, anpassbaren Schnellwahl … Ah! Verdammt!«

Trumps kombinierte Bandschleifnagelfeilmaschine riss den Nagel von Trumps Mittelfinger. Er biss sich auf die Fingerspitze und schmeckte Blut – köstliches, menschliches Blut.

»Schnitt!«, rief der Regisseur. »Sind Sie in Ordnung, Mr. Trump?«

»Das wird schon. Sie hat den Nagel abgerissen.«

»Können wir Mr. Trumps Finger bitte verbinden?«

»Nein. Ist schon okay. Ich werd einfach … ich lutsch einfach dran, bis es aufhört zu bluten.«

»Oh … okay … äh … wenn das so ist, fünfzehn Minuten Pause für alle, würde ich sagen.«

Während Trump von der Bühne in die Seitenkulisse trat, beeilte sich Sy, zu ihm aufzuschließen.

»Donald?«

»Mr. Trump.«

»Echt? Wir sind per Du seit … vergessen Sie es. Mr. Trump …«

»Was?«, fragte Trump, während er an seinem blutenden Finger lutschte. »Können Sie nicht sehen, dass ich gerade trinke?«

»Ich … oh … äh … ich muss Sie fragen … ist das ein Scherz? Versuchen Sie, etwas zu beweisen, oder so?«

»Die Menschen brauchen Bandschleifer. Die Menschen brauchen Nagelfeilen. Wenn Sie ein Ding kriegen können, das beides ist, dann kann ich ihr Geld kriegen.«

»Nein, nicht die … nicht das im Speziellen. Ich meine die letzten zwei Wochen. All die wertlosen Projekte, die furchtbaren Investitionen, Ihren Namen auf alles zu kleistern, worauf Sie ihn kleistern können …« Sy kratzte sich den Nacken. »Hören Sie, ich verstehe das. Wir haben Ihnen gesagt, Sie sollen sich Ihre Selbstsüchtigkeit zu eigen machen und das hätten wir nicht tun sollen. Das verstehe ich. Alle verstehen es. Es war unangebracht. Aber das hier … was Sie hier tun … Warum wollen Sie Ihr gesamtes Image zerstören, um etwas zu beweisen? Sie werden zur Witzfigur. Der Name Trump wird wertlos sein. Ihnen oder uns oder den Armen wird das nichts nützen und auch sonst niemandem. Bitte hören Sie auf. Das war jetzt lang genug.«

Trump zog den Finger zwischen seinen Lippen hervor und Blut tropfte auf den Holzboden.

»Der Name Trump erreicht jetzt zehnmal so viele Menschen wie noch vor zwei Wochen. Der Name Trump ist toll. Er ist fantastisch. Jeder spricht über Trump. Sie sagen: *Trump ist der Beste. Trump wird gigantös werden.*«

»Gigantös?«

»Gigantöööös!«

»Meinen Sie *gigantisch*?«

»Sagen Sie mir nicht, wie die Worte heißen. Ich bin ein Trendsetter.«

Sy lehnte sich auf den Fersen zurück, während Nervosität seine Brust ergriff. »Okay. Okay. *Gigantös*. Das ist in Ordnung. Ich versuche nur, Ihren Gedankenprozess nachzuvollziehen, oder Ihren Sinn für … Empathie anzusprechen.«

Trump lachte.

»Okay, ist es das, was ich tun muss?« Sy kniete sich hin und schlang seine Hände um Trumps Beine.

»Stehen Sie auf«, sagte Trump. »Ich bin nicht schwul.«

»Ich … nein, ich wollte nicht … ich flehe Sie an. Als jemand, der Sie ein Jahrzehnt lang beraten hat, bin ich auf meinen Knien und *bettle* …«

»Ich *hasse* Bettler!«

»Seit wann? Nicht – es tut mir leid – Mr. Trump … Sir. *Bitte* hören Sie mit dem auf, was Sie gerade tun. Bitte werden Sie wieder der nette, bescheidene Philantrop, von dem wir alle wissen, dass Sie es sind.«

Trump fiel die Kinnlade herunter. »Wie haben Sie mich genannt?«

»Einen … einen Philantropen?«

Trumps Augen wurden schmal und er führte seinen blutenden Finger wieder an seine Lippen, leckte Blut ab und schluckte es mit einem widerlichen Genussseufzer hinunter.

»Sie sind gefeuert«, sagte Donald Trump.

Kapitel 2

»Und so«, sagte Michael Moore in einem düsteren, betrübten Tonfall in das Mikrofon seiner Tonkabine, »nach fast einer Stunde des Stillstands im Stadtverkehr, kam Jason Greene zwei Stunden zu spät zur Hochzeit seiner Tochter, weil einem Republikaner auf dem Freeway das Benzin ausgegangen war und er seinen Hummer auf der Mittelspur angehalten hatte.«

»Sie müssen schneller sprechen«, sagte Ton-Typ. »Wir haben nur sechs Sekunden Bildmaterial zum Überlagern, bevor wir zu den Aufnahmen gehen, in denen Sie den Hummer-Verkäufer unter Druck setzen.«

»Tja, dann brauchen wir mehr Material«, sagte Moore. »Wenn ich es in sechs Sekunden sage, klingt es nicht tragisch. Es wird klingen, als wäre eine miese Sache passiert. Und so ist das nun mal im Leben. Warum sollte sich irgendwer eine Sendung über so was ansehen wollen?«

»Na ja, ich … ich weiß es nicht. Es ist Ihre Sendung.«

»Vergiss es«, sagte Moore. »Hey, Schnitt-Typ. Schnitt-Typ …«

»Ich heiße Frank«, sagte Schnitt-Typ.

»Wir brauchen Archivaufnahmen von stillstehendem Verkehr, die wir reinschneiden können. Vielleicht was von dem Auffahrunfall mit den zwölf Autos in Vermont letzten Monat.«

»Och, ich weiß nicht, ob mir das gefällt. Bei dem Unfall wurden Menschen schwer verletzt. Das war eine regelrechte Tragödie.«

»Komm schon, Ton-Typ. Ist hier jeder gegen mich? Da draußen wachen jeden Tag Demokraten auf, in denen Wut brodelt, und sie brauchen einen Grund, um sie gegen die Republikaner zu richten. Was sollen wir denen erzählen? Dass wir diese Woche keinen Grund haben? Dass sie einfach mit einem dumpfen, betäubenden Pochen weiterhassen sollen?«

»Ich weiß, das ist nicht mein Job«, sagte Kamera-Typ, »aber ich denke, Sie sollten den Satz ändern, in dem Sie sagen, dass er eine Stunde im Verkehr stecken blieb und zwei Stunden zu spät kam, weil … also … wäre er nicht sowieso eine Stunde zu spät gewesen?«

»Ja! Ausgezeichnet!«, sagte Moore. »Ich sollte nicht *eine Stunde* sagen. Ich sollte sagen: *Jahre*. Ich sollte sagen: *Äonen*. Ich sollte sagen …«

»Tage?«, fragte Ton-Typ.

»Nein«, sagte Moore verächtlich. »Das ist nachweisbar nicht wahr. Ich sollte sagen …«

»Eine Ewigkeit?«, fragte Kamera-Typ.

»Ja! Eine Ewigkeit. Warum kann der Rest von euch nicht so sein wie Kamera-Typ?«

»Phil«, sagte Kamera-Typ.

»Was auch immer«, sagte Moore.

Ton-Typ und Schnitt-Typ hatten natürlich recht, aber es gab einen Job zu erledigen. Der Übergang vom Film zum Fernsehen war sogar schlimmer gewesen, als Moore erwartet hatte. Die erste Staffel war noch nicht abgeschlossen und sie griffen schon nach Strohhalmen. *1001 Gründe, Amerika zu hassen* stand kurz davor, abgesetzt zu werden.

»Okay«, sagte Schnitt-Typ. »Dann schnappen wir uns also Archivmaterial von diesem schrecklichen Unfall, der ganze Familien zerstört hat, und ändern *eine Stunde* in *eine Ewigkeit.* Noch was?«

Moore dachte nach. »Also, ich sammle hier nur Ideen, aber … der Kerl, der diesen anderen Auffahrunfall verursacht hat – wissen wir, welche politische Zugehörigkeit der hatte?«

***

Wo ist Glenn Beck?, fragte das Graffito, das mit einem Messer in die Theke gekritzelt worden war.

Michael Moore verdrehte die Augen.

Seit Glenn Beck aus der Fernsehlandschaft verschwunden war, war alles mit diesem Satz vollgekleistert. Er war Teil des Lexikons, eine unbeantwortbare Frage anstelle von »na dann« oder »dumm gelaufen«. »Die Welt ist ein schrecklicher Ort«, schien er zu sagen. »Ich vermute, sie wird einfach zunehmend schlechter werden. Der Schaden ist irreparabel. Man kann nichts anderes mehr tun, als mit dem sinkenden Schiff unterzugehen.«

»Ich glaube, jemand hat das letzte Nacht da eingeritzt«,

sagte der Barkeeper. »Die Leute sagen das in letzter Zeit andauernd.«

»Ich weiß«, meinte Moore. »Ich hasse das.«

»Ja ja, Menschen können schon ziemlich scheiße sein.«

»Nein, ich meine, ich hasse den Grundgedanken. Ich hasse diese Zufriedenheit mit dem Chaos. Ich meine, alles fällt auseinander und wir können nichts dagegen tun. Als ob es nicht mal den Versuch wert wäre, irgendwas zu verbessern. Wenn wir nur die Republikaner aus den Ämtern kriegen würden ...« Er nahm einen großen Schluck von seinem Bier. »Ich weiß auch nicht. Was ist deine Politik, Barkeeper? Woran glaubst du?«

»Ich glaube an Alkohol«, sagte der Barkeeper.

»Ja?« Moore lachte. »Glaubst du, wenn wir alle die ganze Zeit betrunken wären, liefe alles gut?«

»Oh, scheiße, nein. Aber wenigstens wäre es uns egal.«

Sie lachten gemeinsam und Moore hob sein Glas. Der Barkeeper schenkte sich selbst ein Schlückchen ein und sie tranken gemeinsam.

»Aber wie können wir es wieder in Ordnung bringen? Wie kriegen wir alles wieder ans Laufen?«

»Wo ist Glenn Beck?«, fragte der Barkeeper mit einem Grinsen.

»Ja, ja ...«, sagte Moore.

Er trank sein Glas aus und tippte auf den Rand, um einen neuen Drink zu bestellen. Der Barkeeper füllte sein Glas auf.

»Es wird einfach immer schwerer«, sagte Moore. »Früher war es so: Wann immer es eine Tragödie gab, egal welche, war ich zur Stelle, um eine schnelle Mark zu machen und einem Republikaner die Schuld zuzuschieben. Es war egal, was passiert war. Ich fand einen Weg, es zurechtzubiegen. Dann hab ich versucht, positiv zu sein. Ich hab versucht, proaktiv zu sein und optimistisch, und die Menschen dazu zu bewegen, sich mir anzuschließen, sich für Prinzipien einzusetzen, und sie … sie haben aufgehört, mir Beachtung zu schenken. Es ist so, als wollten sie nur, dass ich ihnen was liefere, über das sie sich beschweren können. Jetzt versuche ich wieder, ihnen was zu liefern, über das sie sich beschweren können, und … sie interessieren sich nicht mal mehr für mich. Manchmal bin ich nicht sicher, ob sie überhaupt wollen, dass die Dinge besser werden. Manchmal glaube ich …« Er schüttelte den Kopf und tippte mit einem Finger auf das Graffito. »Manchmal glaube ich, *das* ist alles, was sie wollen.«

Barkeeper vergewisserte sich, dass keiner der anderen Gäste etwas bestellen wollte, und beugte sich dann über die Theke zu Moore.

»Ich will Ihnen mal was sagen. Mindestens ein halbes Dutzend Leute sind jeden Tag in dieser Bar. Jeden Tag, wenn wir öffnen, jeden Tag, wenn wir schließen. Das ist ihr Leben. Ohne kommen sie nicht durch den Tag. Also, manchmal beschließt einer von denen: Das war's. Kein Alkohol mehr. Er will versuchen, was anderes zu machen. Also hört er auf. Vielleicht seh ich ihn ein paar Tage nicht. Und dann kommt er vielleicht her und sitzt bei seinen Freunden, aber er trinkt nur Wasser oder Softdrinks. Dann, eines Tages bald darauf, wird ein Bier zu zehn und alles geht wieder seinen alten Gang. Warum, glauben Sie, ist das so?«

»Weil sie Alkoholiker sind.«

»Ja. Genau. Weil sie Alkoholiker sind. Das ist ihr Leben. Und eine Veränderung ist schwer auszuhalten. Selbst wenn man es will, ist es schwer, die ganze Zeit diese Mühe zu investieren. Also nennt man es hoffnungslos. Man sagt, es ist unmöglich. Und man fällt in das zurück, was man schon immer getan hat, selbst wenn man es nicht besonders mag. Man gibt auf.«

»Worauf willst du hinaus?«

»Die Hoffnungslosigkeit ist komfortabel.«

Moore nickte. Er fuhr mit dem Finger über die Schnitzereien in der Theke. »Ja. Ja, vielleicht.«

Der Barkeeper schnalzte mit der Zunge und ging, um nach anderer Menschen Getränke zu sehen. Michael Moore starrte das Graffito auf der Theke an und schüttelte den Kopf. Er nahm einen Schluck Bier.

»Hey, Sie sind dieser Kerl aus dem Boulevardfernsehen, nicht wahr?«, fragte eine betrunkene Stimme über Moores Schulter.

»Keine Autogramme«, sagte Moore automatisch.

»Nein, Mann, nein«, sagte der Säufer-Typ, zog den Barhocker neben Moore vor und setzte sich. »Hey, Fernsehkerl, wie geht's Ihnen?«

»Michael«, sagte Moore.

»Hey, Michael. Ich bin Sy«, sagte der Säufer-Typ.

»Super. Toll«, sagte Moore, ohne Augenkontakt herzustellen.

»Hey, ich hab 'ne Story für Sie. Sie könnte *gigantisch* sein.« Er betonte die letzte Silbe des Wortes *gigantisch* aus Gründen, die Moore nicht verstand. »Sie könnten dafür einen Emmy gewinnen.«

Seufzend schüttelte Moore den Kopf und sah auf die Theke hinunter. »Ja? Worum gehts, Säufer-Typ?«

»Kennen Sie die Geschichte von der Affenpfote? Von dem Typen, der drei Wünsche bekommt, und sie werden wahr, aber sie werden nicht auf gute Weise wahr, wie er erwartet hat?«

»Klingt bekannt.«

»Ich hab für einen großen Geschäftsmann gearbeitet, diesen Immobiliengiganten. Er war ein richtig wohltätiger Kerl, alles, was man gern sein will – klug, erfolgreich, fantastische Haarpracht, einfach eine Inspiration. Sein einziger Schwachpunkt, wenn er einen hatte, war, dass er zu großzügig war. Sein Unternehmen hätte noch viel erfolgreicher sein können, wenn er mehr Geld in seine Firmen rückgeführt hätte. Also haben wir interveniert.«

»Wie nobel von euch.«

»Tja, die Sache ist die, er hat uns rausgeworfen. Er nannte uns gierig. Aber dann am nächsten Tag sieht es so aus, als hätte er sich die ganze Sache tausendfach zu Herzen genommen. Plötzlich ist er einfach ein Arschloch erster Güte. Er ist eitel, hat dieses Riesenego, er kleistert seinen Namen auf alles, was geht, um den schnellen Reibach zu machen. Aus seinem Mund kommt nur noch: *Ich hasse Bettler*, und jeder, der im Fernsehen Aufmerksamkeit bekommt und nicht er ist, ist ein *Biest* oder ein *Schwein*. Es ist, als wäre er eine völlig andere Person. Aber wollen Sie den seltsamsten Teil hören?«

»Ich kanns kaum abwarten.«

»Die Haare. Er hatte tolles Haar, aber seit der Veränderung ist es total anders, wie pissfleckige Trocknerflusen. Also denke ich … na ja, ich weiß es nicht genau. Vielleicht, wenn jemand bei der Intervention eine Affenpfote dabei hatte, oder das Ding auf seinem Kopf … ich weiß auch nicht. Es ist grad so, als wär er ein Betrüger, der den anderen Kerl eingesperrt und für ihn übernommen hat, oder als wär er besessen oder so.«

»So kriegen sie dich«, sagte Moore und trank den Rest seines Bieres aus.

»Also, ich denke, Sie könnten das untersuchen, jeden interviewen, der bei der Intervention dabei war … ich weiß auch nicht.«

»Genau. Hör mal, Säufer-Typ …«

»Sy.«

»Hör mal, Säufer-Sy. Danke für die Idee. Ich werd sie im Hinterkopf behalten, für den Fall, dass meine Karriere in die Binsen geht, damit ich immer was hab, über das ich lachen kann.« Er nahm ein paar Dollarscheine aus seiner Tasche und legte sie auf die Theke, wandte sich vom Säufer-Typ ab und machte sich auf den Weg zum Ausgang.

»Aber wer wird Donald Trump aufhalten?«, fragte der Säufer-Typ. Seine Stimme zitterte in seiner Kehle.

Michael Moore drehte sich um, während er die Tür öffnete, und stellte durch den Raum hinweg Augenkontakt mit dem Säufer-Typ her.

»Wo ist Glenn Beck?«, fragte Michael Moore.

Kapitel 3

Manhattans Gehwege waren – wie die Skelette aller menschlichen Zivilisationen, die mehr Geld in sich hinein gefressen hatten, als sie Ideen hatten, was sie damit tun sollten – voller Reklametafeln und Fernsehgeräten. Sie blinkten wie Leuchtfeuer für eine auf See verschollene Gesellschaft.

»Sie besitzen genug, um nicht zu verhungern. Aber besitzen Sie genug, um sich einen programmierbaren Sieben-in-Eins Multifunktions-Elektroschnellkochtopf anzuschaffen? Ohne diesen könnten Sie nämlich genauso gut verhungern.«

»Helfen Sie den Armen, helfen Sie den Kranken. Helfen Sie sich armem, alten Persönchen zu einer krass-kranken neuen Karre.«

»Sie können ein Kind retten.«

»Sie können ein Tier retten.«

»Sie können die komplette Serie Hoarders auf DVD besitzen, wenn Sie einen Platz finden, wo Sie sie verstauen können.«

»Sie könnten fast alles tun, wenn Sie mehr Geld hätten. Aber hier sind gute Neuigkeiten: Sie können sogar einen Überbrückungskredit bekommen. Es stimmt. Sie können

Geld kaufen, gegen eine kleine, winzige Gebühr, die minimal über der Summe liegt, die Sie kaufen.«

Trump betrachtete die zig Fernseher im Schaufenster eines Elektrofachgeschäfts. Auf allen wurde ein Dienst gegen Geld angeboten, mit Ausnahme der wenigen, die die Leben von reichen Menschen und Mördern zeigten. Er steckte sich einen Froschschenkel aus der Schachtel in seiner linken Hand in den Mund und lutschte ihn bis auf den Knochen ab.

Auf siebenundzwanzig Fernsehern, die zweiundzwanzig verschiedene Sender zeigten, war sein Name nirgendwo zu sehen. Trotz all seiner Produkte, all seiner Mühen, war er zu diesem Zeitpunkt noch immer unsichtbar für die Straßen der Stadt.

Er musste seine Taktik ändern.

Der Kreatur unsagbaren Schreckens, die ihren Lebenssaft aus den Poren in Donald Trumps Kopfhaut saugte, halfen Froschnährstoffe allein nur bis zu einem bestimmten Punkt. Was sie brauchte, war Aufmerksamkeit, Eigenwert, Verehrung. Sie musste Stolz, Eitelkeit und Selbstsicherheit aus Trumps Gehirn saugen, und das konnte sie nur bekommen, wenn die Welt seinen Namen herausschrie.

Der Name Trump war jetzt eine Marke, und eine überregional bekannte, aber sie war nur eine unter Millionen, und sie alle traten gegeneinander an, wurden von reichen, narzisstischen und intelligenten Geschäftsmännern finanziert. Wäre es eine weniger zur Ichbezogenheit neigende Spezies, könnte er die Konkurrenz mit Leichtigkeit ausstechen, aber es schien, als wollte die gesamte Menschheit sich selbst in den Weltmittelpunkt rücken.

Sogar die Armen gingen an ihm vorüber, die Augen auf ihre Handys geheftet, während sie Fotos von sich selbst, ihrem Essen und ihrer Umgebung aufnahmen, witzige Bemerkungen machten und philosophische Wortschwalle tippten, in die Leere aus Schreien hineinschrien, die alles war, und darum bettelten, von den anderen Bettlern bemerkt zu werden.

Aufmerksamkeit war ein Konkurrenzkampf, und der Konkurrenzkampf war eine Form der Lebensgestaltung.

Die Mörder waren die Dummen. Sie bekamen ihre Aufmerksamkeit für einen Tag, vielleicht höchstens einen Monat, und dann wurden sie weggesperrt, mit der Garantie auf null Beachtung für Jahre, oft bis zum Rest ihres Lebens. Das war kurzfristiges Denken. Die Kreatur unsagbaren Schreckens würde verhungern, wäre sie in einer Zelle weggesperrt, während sich die Welt unabhängig von ihr weiterdrehte.

Dann gab es Prominente – Schauspieler, Sänger, Models, Sportler. Sie wurden zu ihren eigenen Marken und die großen waren größer als Trump, was hieß, dass sie mehr Sendezeit bekamen. Während sich Trump möglicherweise eine Karriere in den meisten dieser Branchen kaufen könnte, würde er sich womöglich nur verspottet und von der kollektiven Meinung der Bevölkerung vergessen wiederfinden.

Sein Blick landete auf einem Fernsehbildschirm, auf dem eine junge Frau, die er von einem Sexvideo wiedererkannte, das eine Woche zuvor Schlagzeilen gemacht hatte, eine Kameracrew durch ihr Haus führte. Die Frau war keine Schauspielerin oder Sängerin und hatte tatsächliche keine wie auch immer gearteten erkennbaren Talente. Wie Trump, so besaß auch sie Hotels und hatte den Großteil ihres Vermögens durch Erbschaften erhalten.

»Ich liebe das alte Hollywood und ich liebe Marilyn Monroe«, sagte sie gerade, »deswegen hab ich mein Schlafzimmer – mein Boudoir – als Hommage an sie eingerichtet. Das ist das Kleid, das sie in ... ich weiß nicht ... *Manche Mögen's Heiß* oder *Blondinen Bevorzugt* oder so getragen hat. Ich kann mich nicht erinnern, aber es hat irgendwie so fünf Millionen Dollar gekostet.«

Trumps Augen wurden schmal und er rieb sich das Kinn, während die Frau die Crew durch ihr Haus führte und ihre Schlafzimmer und Badezimmer, Kronleuchter und begehbaren Kleiderschränke zur Schau stellte. Sie schwenkten über ihre Schuhsammlung und ratterten ein halbes Dutzend Markennamen herunter, aber es war ihr Name – Hilton –, auf den sie immer wieder zurückkamen.

Trump vergrößerte seine Marke durch Verkauf, aber er könnte sie auch durch Einkauf vergrößern. Er lutschte das Fleisch von einem weiteren Froschschenkel und lächelte sein eigenes Spiegelbild im Fenster des Fernsehgeschäfts an.

***

»Langsam. Noch mal. *Warum* wollen Sie eine Massivgoldtoilette?«

Marcus fuhr sich mit einer Hand durch die Haare und zum gefühlt hundertsten Mal in dieser Woche hatte er hinterher ein Büschel davon in der Hand. Seit Sys Abgang infolge dessen, was die meisten um sie herum mittlerweile als *Den Haarzwischenfall* betrachteten, war er als Trumps

Assistent eingesprungen, und jeder Tag war wie ein Ruckeln im Getriebe seiner Moralvorstellungen. Wäre Trump ein Mann der Mittelklasse, hätte ihm mittlerweile jemand vorgeschlagen, sich in psychiatrische Behandlung zu begeben, aber wie die meisten Reichen hatte er Ja-Sager um sich geschart, die seinem Wahnsinn Nachsicht zeigten, und seit Kurzem verkauften sie Steaks über The Sharper Image.

»Hast du gehört, was ich gesagt hab, als ich geredet hab?«, fragte Trump. »Dämliche Anschaffungen. Dämliche Anschaffungen. Amerika will den irren, unnützen Scheiß sehen, für den reiche Leute ihr Geld verschwenden.«

»Sie machen jetzt absichtlich alberne Anschaffungen? Aber es gäbe so viel Besseres, was Sie mit Ihrem Vermögen anstellen könnten.«

»Ich kann Ihnen bis morgen eine Toilette aus Massivgold beschaffen«, sagte der silberhaarige Mann im dunklen Anzug, der hinten im Zimmer stand.

Marcus und Trump verstummten. Der Mann in Schwarz kratzte sich eine Stelle am Handrücken, in die ein Pentagramm eintätowiert war, und grinste mit einem Mund voller goldüberkronter Zähne. Er war wegen eines Jobs hier – irgendeine Anstellung in der Firma, wie er sagte. Er hatte Trump in den Nachrichten und Zeitungen verfolgt und das Einzige, was Trump fehlte, war ein Mann in den Schatten, der die Fäden zog – ein Mann, der Dinge ermöglichen konnte, die nicht möglich sein sollten.

»Was verstehen Sie von Toiletten?«, fragte Trump.

»Von Toiletten speziell nichts«, sagte der Mann in Schwarz. »Ich kenne mich damit aus, Leute zu Taten zu veranlassen und dazu, an etwas zu glauben. Ich kenne die

Macht des Geldes. Wenn es einen Scheck einzulösen gibt, dann tun Amerikaner was dafür, und wenn sie es nicht tun, dann wird sich jemand anderes finden. Es klingt nicht so, als würde Ihr Mitarbeiter hier das verstehen – bitte verzeihen Sie mir die Unhöflichkeit –, aber die große Mehrheit von uns versteht das sehr wohl. Wenn das Geld vorhanden ist und eine Person sich darauf versteht, mit Menschen zu kommunizieren, dann gibt es keinen Grund, warum irgendetwas schwer sein sollte, am allerwenigsten eine goldene Toilette. Ist es die beste Entscheidung, um Ihr Image zu verbessern? Das weiß ich nicht. Und wir können darüber sprechen, wenn Sie meine Meinung interessiert, aber wenn sie das nicht tut, dann streiche ich den Scheck ein und lasse die Goldtoilette wahr werden. Und das ist genau das, was ein Mensch in Ihrer Position braucht.«

»Okay«, sagte Marcus. »Sie können jetzt gehen. Wir brauchen hier keine Usurpatoren.«

»Brauchen wir nicht?«, fragte Trump. »Ich denke, vielleicht schon. Ich denke, ganz bestimmt vielleicht. Wie heißen Sie noch gleich?«

»Roger Stoneheart«, sagte der Mann in Schwarz und streckte Mr. Trump seine pentagrammierte Hand entgegen.

Trump schüttelte die Hand und tippte auf das Pentagramm, lächelte und zog seine Augenbrauen in die Höhe.

»Ich bin gelernter Nekromant«, sagte Stoneheart, »aber das ist schon Jahre her.«

»Ich will ein Klo aus Massivgold«, sagte Trump zu jedem Mann in seinem Büro, der zuhörte. »Ich will es so schnell wie möglich geliefert und angeschlossen haben. Und ich will für diese Show gebucht werden, die ich gesehen hab.

All die Promis, die da auftauchen, protzen mit ihren Kronleuchtern und Garderoben und Memorabilien, aber sie alle haben Toiletten, die exakt wie alle anderen aussehen. Wenn die mein Goldklo sehen, dann werde ich ihnen deswegen im Gedächtnis bleiben.«

»Erinnern Sie sich an den Namen des Formats?«, fragte Stoneheart.

»Ich bin nicht sicher, ob ich den mitbekommen hab«, sagte Trump. »Ich glaube, es hieß *Krass Reiche Egomanische Prolls und Supertussen – K.R.E.P.S.*«

»Meinen Sie C.R.I.B.S.?«, platzte Marcus heraus. »Sie wollen bei Cribs mitmachen?«

»Genau da.«

»Ich kann sofort daran arbeiten«, sagte Stoneheart. »Wir besorgen Ihnen die Goldtoilette und vielleicht noch ein Goldwaschbecken und eine Goldbadewanne, die dazu passen. Wir heuern eine Crew an, um Ihr ganzes Haus mit Gold umzugestalten. Wir machen's protzig und wir bewerben die Goldtoilette aggressiv. Bringen die Leute zum Reden. *Ist das großartig? Ist das dumm?* Solange sie dieses Gespräch führen, reden sie über Sie.«

Trump kehrte zu seinem Sessel zurück, als eine attraktive junge Frau das Büro betrat, um ihm einen Teller Froschschenkel zu bringen.

»Okay«, sagte Trump zu Stoneheart. »Sie haben meine Aufmerksamkeit. Sie haben erwähnt, dass Sie mir Ihre Meinung anbieten könnten, wenn ich danach frage. Was, glauben Sie, würde die Marke Trump vergrößern?«

Stoneheart grinste sein goldüberkrontes Grinsen, während Marcus' Kopf in seinen Schultern versank.

»Jeder Prominente, der einen Namen zu verpfänden hat, ist auf der Suche nach etwas, an das er ihn verpfänden kann. Sie können sein wie die, oder wir können Sie zur Quelle machen. Jeder Name bei Cribs bekommt eine Woche lang Rummel, aber Cribs selbst bekommt den jede Woche. Wir können Sie in die Show bringen, aber solange Sie nicht selbst die Show sind, stehen Sie im Wettstreit um die Aufmerksamkeit. Sobald Sie die anderen dazu gebracht haben, vor Ihnen zu katzbuckeln, sind Sie nicht länger der Bettler. Darin liegt die wahre Macht.«

Trump nickte. »Das gefällt mir. Besorgen Sie mir das goldene Klo und bringen Sie mich in die Show. Und dann machen Sie ein Treffen mit egal wem aus, mit dem wir uns zusammenschließen müssen, um Ihre Idee voranzutreiben. Ich will, dass Promis mir im Fernsehen den Arsch küssen, wann immer jemand einschaltet.«

»Sir«, sagte Marcus. »Können wir einen Moment lang innehalten, um darüber nachzudenken, und über die Frage, ob das ein vernünftiges Investment ist? Sie sind kein Fernsehstar, Sie sind ein Geschäftsmann. Wenn Sie ein Fernsehgesicht aus sich machen, dann riskieren Sie es, Ihren Ruf als jemand, der sich auf gute Geschäfte versteht, zu untergraben.«

Trump stand auf und die Lampe auf seinem Schreibtisch warf einen dunklen Schatten über sein Gesicht.

»Du bist gefeuert«, sagte er zu Marcus, der in die Ecke zurückwich und gegen die Wand taumelte.

»Mr. Trump«, sagte Stoneheart mit dem krankhaften Glitzern der Bedrohlichkeit im Blick, »ich glaube, wir haben gerade Ihren Slogan gefunden.«

Kapitel 4

»Es war genau so … im einen Moment war ich ganz oben und dann … Sie haben mir einfach den Boden unter den Füßen weggezogen«, sagte X-Pensive, ein ums Überleben kämpfender R&B-Superstar aus Flint, Michigan. »Ich hatte ein Platinalbum, ich war für einen Grammy nominiert, ich hätte bei Cribs auftreten sollen … und dann …« Er schniefte und bedeckte sein Gesicht mit seiner Hand. »Tut mir leid.«

Ton-Typ stöhnte, gerade leise genug, damit das Galgenmikro es nicht aufnehmen konnte. Kamera-Typ befand sich nur Zentimeter von X-Pensives Gesicht entfernt. Moore schnippte mit den Fingern und bedeutete Kamera-Typ, den Winkel zu ändern, damit die Zuschauer sehen konnten, wie Moore mitfühlend und mit geschlossenen Augen nickte.

»Was ist passiert?«, fragte Moore.

X-Pensive sah von seiner Hand auf und atmete tief durch die Nase ein und durch den Mund aus. »Ich wurde aus Cribs geworfen.«

Die Filmcrew wartete, während X-Pensive erst in seine Hand, dann in ein Taschentuch hinein schluchzte. Moore ließ sie weiter drehen und legte einen Arm um den eigenwilligen, über Nacht zum Superstar gewordenen Mann. Kamera-Typ hielt direkt auf sein tränenüberströmtes Gesicht, während Ton-Typ den Boden anstarrte und den Kopf schüttelte.

»Und was bin ich jetzt?«, rief X-Pensive. »Bloß ein langweiliger, Platinalben machender, grammynominierter, nicht in den ersten sechs Monaten seiner Karriere bei Cribs auftauchender Angeber?«

Moore tätschelte dem schluchzenden, leuchtenden Beispiel für Erfolg auf den Rücken und versuchte gleichzeitig, das Gesicht des Mannes auf Distanz zu halten, um keinen Schnodder auf sein Hemd zu bekommen, während die Kamera lief.

»Haben sie Ihnen einen Grund genannt, warum Sie nicht dabei sein konnten?«, fragte Moore.

»Donald Trump!«, sagte X-Pensive. »Irgendso ein zum Infomercial-Kerl gewordener Immobilientyp mit schlecht nach vorn gekämmten Haaren, der seine eigene Fernsehshow an den Start bringt. Aber weil er so ungefähr 'ne Milliarde Dollar besitzt, konnte er sich einfach einen Platz in der Sendung kaufen, und Leute wie ich, die sich ihren Lebensunterhalt mit dem Ausdenken von coolen Beats und Reimen verdienen, wir müssen das einfach so hinnehmen!«

Moore wiederholte sein Kopfnicken mit geschlossenen Augen und umarmte den armen Millionär, während die Kamera auf die beiden hielt. Mit einer Hand außerhalb des Bildes signalisierte Moore dem Kamera-Typ, dicht an sein eigenes, mitfühlendes Gesicht zu fahren. Das wäre ein klasse Übergang zur Werbepause, in der sie Gourmet-Tiernahrung verhökern und das Bewusstsein für an Flüssigkeitsmangel sterbende Kinder aus der Dritten Welt schärfen konnten.

***

Michael Moores Auf- und Abgehen hatte ein Muster im Teppich seiner Suite hinterlassen. Die Kamera und das Mikrofon lagen in einem seltenen Fall von ausgeschaltet auf dem Tisch. Kamera-Typ und Ton-Typ rangen sich die Hände und vermieden Augenkontakt; ihre Hintern und Rücken waren fest gegen die Couch gepresst.

»Wehe, er hat sich umgebracht«, sagte Moore. »Wenn dieser grammynominierte Loser sich selbst von seinem Elend erlöst hat, bevor unsere Aufnahmen zu Ende sind, dann klage ich seinen Nachlass ein und spende das Geld aus Prinzip an Cribs.«

»Vielleicht könnten wir das, was wir haben, zurechtschneiden«, sagte Kamera-Typ. »Wir haben im Interview gestern viel Material bekommen. Wenn wir Archivbilder von der Show benutzen und filmen, wie Sie versuchen, ein Interview zu bekommen, um den Sender verantwortlich zu machen …«

»Ich kann den Sender nicht verantwortlich machen! Die bezahlen mich!« Moore rammte eine Faust in die Wand und versuchte dann so zu tun, als hätte es nicht wehgetan und als hätte er nicht vorgehabt, die Wand zu beschädigen. »Und was meinst du damit, ich hab im Interview gestern viel Material bekommen? Ich hab 'ne Stunde Rumgeschluchze und 'ne halbe Stunde, in der er sich über Donald Trumps Frisur lustig macht.«

Moore angelte ein Messer aus seiner Tasche und verdeckte es vor seiner Crew, während er die Wand einritzte und sie so für einen Hieb vorbereitete, der effektiver wäre. Nachdem er sechzig Sekunden in Stille gearbeitet hatte, zog er seinen Arm zurück und stieß ihn mit aller Kraft gegen die Wand, schlug ein Loch hinein und biss die Zähne zusammen, um nicht vor Schmerz aufzuschreien. Er fuhr herum und begegnete den Blicken seiner Crewmitglieder mit einer selbstzufriedenen Grimasse.

»Wie wäre es, wenn …«, begann Kamera-Typ zu murmeln und unterbrach sich dann selbst. Er stand auf, die Augen geweitet. »Was, wenn nicht die Gesellschaft der Bösewicht ist? Was, wenn Donald Trump der Bösewicht ist?«

Moore und Ton-Typ wandten sich ihm mit neugierigen Blicken zu. Moore widerstand dem Drang, seine Hand vor den anderen zu versorgen, aber der Schmerz ließ nach, während er zuhörte.

»Hier gehts nicht um Cribs oder X-Pensive, es geht um einen Milliardär, der das Rampenlicht der Medien von denjenigen stiehlt, die es dringender brauchen als er. Aber solange die Leute nicht aufhören, sein Ego zu stärken, indem sie Sendungen über ihn anschauen und Kameras auf ihn richten, wird er einfach immer mehr Macht bekommen.«

»Also geben wir ihm eine ganze Stunde Sendezeit im Fernsehen?«, fragte Ton-Typ.

»Ja!«, sagte Kamera-Typ,

»Kamera-Typ hat recht«, sagte Michael Moore.

»Eigentlich heiße ich Phil«, sagte Kamera-Typ.

»Genau«, sagte Michael Moore. »Darum geht's. Die entrechteten Kamera-Typen der Welt, die nicht die Anerkennung bekommen, die ihnen zusteht, weil Leute wie Donald Trump das Gespräch auf Schritt und Tritt auf sich selbst lenken.«

»Das hab ich nicht wirklich ... ja, also, *so was Ähnliches* hab ich gemeint, aber ...«

»Trotzdem geht's in der Hälfte der Interviewaufnahmen, die ich habe, um seine Haare. Ich werde keine ganze Episode über die Meinung einer einzelnen Person über Donald Trumps Haare machen.«

»Hat Alex Jones nicht eine komplette Episode über Donald Trumps Haare gemacht, kurz bevor er starb?«, fragte Ton-Typ.

»Hat er?«

»Ich erinnere mich dran, ja«, sagte Kamera-Typ. »Sie haben sie nach seinem Unfall zurückgehalten, also wurde sie nie ausgestrahlt. Aber die Werbung war definitiv haarfixiert.«

Moore blieb stehen, legte sich eine Hand ans Kinn, und konzentrierte seinen Blick ins Leere.

Wie hatte der Säufer-Typ es genannt? Eine Affenpfote? Und er hatte behauptet, höchstpersönlich für Trump gearbeitet zu haben. Wenn das nachgewiesen werden könnte, dann hätte er sein Interview. Und wenn jemand im Lager des verstorbenen Alex Jones gekauft werden könnte und sie an seine Aufnahmen herankämen, dann hatten sie vielleicht eine Episode. Sie würde wahrscheinlich absurd werden, die Verschwörungstheoretiker befriedigen ... na und? Nicht alles musste *X-Pensive* sein.

»Ruf den Produzenten-Typ an«, sagte Moore. »Ich muss in eine Bar.«

***

»Säufer-Typ?«, fragte der Barkeeper, der Gläser spülte, während er sprach. »Da könnte ich Ihnen mindestens ein Dutzend zeigen. Sie müssen schon genauer sein.«

»Er hat wie ein Wasserfall geredet, sich über Verschwörungstheorien ausgelassen, von Fernsehstars gelabert und welche von denen böse sind ...«

»Da könnte ich Ihnen immer noch ein Dutzend zeigen.«

»Donald Trump. Der Gürtelschleifmaschinennagelfeilenkerl. Er sagte, der wäre besessen oder so was. Dass sich seine Haare verändert haben und er böse wurde.«

»Hören Sie, Kumpel, ich würde Ihnen gern helfen, aber wenn ich zehn Cent für jeden Betrunkenen bekäme, der hier reinspaziert und sagt, dass die Haare eines Promis ihn böse machen, dann wäre ich schon allein wegen Don King ein Millionär. Haben Sie den Namen des Kerls nicht mitbekommen?«

»Nein, er hat ihn nie erwähnt. Er war einfach der Säufer-Typ. Oder ... warten Sie, nein ... Säufer-Sy! War ein Typ namens Säufer-Sy oder so hier?«

»Oh. Oh, ja, Sy.« Der Barkeeper stellte ein Tablett voll Gläsern zum Trocknen hin und drehte sich zu Moore um. »Ja, er war eine oder zwei Wochen lang jeden Tag da, um über bösartige Promis oder so'n Zeug zu wettern, genau wie Sie gesagt haben, aber er war schon seit 'ner Weile nicht mehr hier. Kam eines Tages einfach nicht mehr wieder.«

»Kennen Sie eine Möglichkeit, wie ich ihn ausfindig machen kann? Eine Telefonnummer, ein anderer Ort, von dem er sagte, dass er gern hingeht?«

»Ich schenke nur Bier aus.«

»Denken Sie scharf nach. Ich muss das wirklich wissen.«

»Sorry, Mr. Moore. Mir fällt nichts ein. Möchten Sie ein Bier?«

Michael Moore seufzte und bestellte ein Bier. Er saß an der Theke und fuhr mit der Hand über das in die Holzoberfläche geritzte Graffito. Wenn er Zeit hätte, zu warten, dann wäre das vielleicht die Antwort. Alkoholismus.

Säufer-Typ war da draußen und versuchte, ein nüchterner Typ zu werden, und wenn ihn die Anstrengung zermürbte, dann würde er wieder zur Gemütlichkeit der Untätigkeit zurückkehren. Er würde wieder zu dem werden, was er gewesen war, und hier mit einem Drink in der Hand herumsitzen. Das Problem war nur, dass Moore direkt hier neben ihm sitzen würde. Er hatte ein halbes Interview und eine näherrückende Deadline ... und seine beste Spur war kalt.

»Hey«, sagte eine Frauenstimme über seine Schulter. »Sie suchen nach Sy?«

Die Stimme gehörte einer stämmigen Dame Ende dreißig oder Anfang siebzig; das hing davon ab, wie viel des Schadens an ihrem Gesicht vom Alkohol und den Kippen verursacht worden war. Sie hielt ein Bier in jeder Hand und eine Zigarette im Mund und schwankte, während sie redete.

»Ja«, sagte Moore. »Wissen Sie, wo er ist, Säufer-Lady?«

»Sie haben's nicht von mir gehört«, sagte Säufer-Lady, »aber am letzten Abend, als er hier war, ungefähr vor 'ner Woche, da sind wir zu mir nach Haue gegangen. Tja, auf der ganzen Heimfahrt ist uns dieses schwarze Auto gefolgt, so 'ne *Limone.*«

»Sie meinen *Limousine*, aber reden Sie weiter.«

»Also, ich hatte Schiss, dass es mein Bewährungshelfer is', klar? Na ja, Sie wissen schon, davor hat doch jeder Schiss.«

»Klar.«

»Wir kommen also in meine Wohnung und … und er war gut. Sie wissen schon. Er war ziemlich besoffen, also konnte er nicht wirklich … er hatte Probleme, in Fahrt zu kommen. Aber sobald wir erst mal in Gang waren, hatten wir viel Spaß …«

»Entschuldigen Sie, aber ich bin ein Academy Award prämierter Filmemacher, also kann ich nicht anders, als mich in solche Sachen reinzusteigern. Aber ist das, was Sie mir jetzt grade erzählen, wesentlich für die Geschichte?«

»Ach, hören Sie doch auf, Sie haben seit fünfzehn Jahren keine guten Filme mehr gemacht.«

»Typisch. Heutzutage ist jeder ein Kritiker.«

»Wollen Sie das hören oder nicht?«

»Äh … hm … wie anschaulich wird das? Und wird es mir helfen, ihn zu finden?«

»Vergessen Sie's.«

»Nein. Nein, warten Sie. Okay. Tut mir leid, Säufer-Lady. Ja. Ich will es hören.«

Sie seufzte. »Na gut. Es dauerte also lange und wir waren hinterher echt müde und ich schlief ein. Irgendwann später wachte ich auf und das Bett war leer, aber ich hörte Stimmen im anderen Zimmer. Ich hab mich aufgemacht, um nachzusehen, aber dann hab ich Schiss bekommen. Sie haben wirklich leise geredet und das Licht war immer noch aus.«

»Was haben sie gesagt?«

»Ich hab nicht sehr viel gehört. Der andere Mann, der hat was über … äh, vertrauliche Information gesagt und … so was wie, dass es gefährlich ist, solche Reden zu schwingen, wie Sy es getan hat. Er hat gesagt, dass sein Leben in Gefahr ist. Es war keine besonders lange Unterhaltung. Nur ein paar Minuten. Aber dann hab ich gehört, wie die Tür zuging und ich bin zurück und hab mich wieder hingelegt, als wär nichts gewesen, weil ich dachte, Sy würde wieder ins Zimmer kommen. Ist er aber nicht. Nach einer Minute bin ich panisch ins Wohnzimmer und hab das Licht eingeschaltet. Mein Herz hat so schnell geschlagen, dass ich mir nicht mal die Mühe gemacht hab, mich anzuziehen.«

»Und wieder ist das keine relevante Information.«

»Dann ist mir klar geworden, dass sie zusammen weggegangen sind. Ich hab aus dem Fenster geschaut, und da waren sie beide – Sy und dieser andere Mann. Ich hab sein Gesicht nicht gesehen, aber er war groß und dünn und trug einen Hut. Und er und Sy sind beide in die Limone eingestiegen.«

»Die Limousine.«

»Nennen Sie es, wie Sie wollen. Auf jeden Fall sind sie einfach weggefahren und … und seitdem ist er nicht mehr in die Bar gekommen. Niemand hat von ihm gehört.«

»Wo sind sie hingegangen?«

»Woher soll ich das wissen?«

»Wer war den Mann? Wie lautete das Kennzeichen? Wie kann ich sie finden?«

»Wo ist Glenn Beck?«

Die Frau zuckte mit einer Schulter und während sie einen Schluck Bier nahm und es sich in den Ausschnitt schüttete, drehte sie sich um. Moore schlug mit seiner Faust auf das Graffito und fluchte leise. Bevor er sich wieder seinem Bier zuwenden konnte, spürte er das Vibrieren seines summenden Telefons an seinem Bein.

»Hallo?«, sagte er, als er es sich ans Ohr hob.

»Michael, hier ist Larry.«

»Äh …«

»Produzenten-Typ?«

»Oh. Richtig. Hallo. Ich bin einem Hinweis gefolgt, aber es fängt an, nach einer Sackgasse auszusehen. Haben Sie welche von Alex Jones' Aufnahmen für mich bekommen können?«

»Darum geht's, Michael. Phil erzählte mir, dass Sie einen Blick drauf werfen wollen, also hab ich ein paar Telefonate mit seinen Leuten geführt, aber … es ist merkwürdig …«

»Was denn?«

»Na ja, anscheinend hat er in der Nacht, in der er den Autounfall hatte, noch bis spät im Studio gearbeitet, nachdem alle anderen gegangen waren. Und am nächsten Morgen, als alle zur Arbeit kamen …«

»Was? Was ist passiert?«

»Die gesamten Aufnahmen waren verschwunden. Es scheint so, als hätte Alex die Festplatten gelöscht.«

Michael Moore erhob sich von seinem Stuhl. »Wollen Sie mir sagen, dass Alex Jones zehn Minuten, bevor er gestorben ist, aus unerklärlichen Gründen all seine Informationen über Donald Trump vernichtet hat?«

»Ja. Viele von Jones' Leuten fanden das wirklich verdächtig. Keiner war gewillt, das zu untersuchen.«

»Sie müssen sich an Donald Trumps Leute wenden und

ein Interview vereinbaren. Es könnte gefährlich sein, aber ich glaube, wir können meine Sendung retten …« Er warf wieder einen Blick auf das Graffito auf der Theke. »Und vielleicht sogar den Journalismus als solchen.«

Kapitel 5

Trump formte eine Pyramide mit seinen Fingern und beugte sich mit dem Gesicht näher, um über den Rand hinweg nach oben zu spähen, auf den Fernseher, der gegenüber seiner Couch hing, dort, wo dieses dämliche Poster gehangen hatte, als er noch schwach und menschlich gewesen war, bevor er sich in ein Gefäß für die Kreatur verwandelt hatte.

Auf dem Bildschirm saß ein kleinerer, zweidimensionaler, hochaufgelöster Trump an einem Schreibtisch, von ehemaligen Größen und Nichtskönnern umgeben, die auf der Suche nach einem Ego- oder Geldbooster vom Herrn von Ego und Geld ihre Markennamen verpfändeten.

»Ich will, dass ihr mir eine Werbekampagne für die Trump-Analdusche präsentiert«, sagte Fernseh-Trump gerade. »Das Siegerteam wird in die Endausscheidung kommen. Und wenn einer von euch mir eine Idee liefert, die mir wirklich, wirklich gut gefällt, dann werd ich sogar dafür sorgen, dass der Sender seiner Wohltätigkeitsorganisation einen kleinen Teil von dem bezahlt, was ich einem professionellen Marketingfachmann für die Arbeit geben würde, die ihr grade für mich macht.«

Die Spülung der Massivgoldtoilette lenkte Trumps Aufmerksamkeit von der prachtvollen Herrlichkeit seines eigenen statuenhaften Abbilds ab. Roger Stoneheart betrat das Wohnzimmer.

»Sie hatten recht«, sagte Trump. »Die arbeiten, um für mich Geld zu scheffeln, und ich bezahle denen fast gar nichts. Sie kommen, um das Rampenlicht aufzusaugen, und sie müssen es sich mit mir teilen. Das ist so viel wert wie tausend Folgen Cribs.«

»Es gibt keine Grenze dafür, wie weit wir das Promi-Arschkriechen treiben«, sagte Stoneheart. »Jahr um Jahr, Sie im Fernsehen, jede Woche. Und während Sie bedeutender werden, werden die Stars bedeutender. Heute ist Penn Jillette der Arschkriecher, morgen DiCaprio.«

Trumps Lächeln wurde größer. Er richtete seinen Blick wieder auf die Miniaturversion von sich, die selbstgefällig vom Bildschirm herab grinste. »Die Leute kritisieren Trump«, hörte Trump Trump sagen. »Sie sagen, Trump ist nicht der, der Trump sagt, dass er ist. Aber Trump ist hier, um euch das Folgende über Trump zu erzählen …«

Mit einem Flackern und einem Blinken verschwand Trump vom Fernsehbildschirm und wurde von zwei Nachrichtensprechern ersetzt, die sich hektisch in ihre Sessel setzten und ihre Ohrstecker einsteckten.

»Guten Abend«, sagte die Chefsprecherin mit strenger, ernster Stimme, in der ein Hauch von Panik mitschwang.

»Was zum Teufel ist das?«, fragte Trump. »Was ist mit Trump?«

»Eine Eilmeldung. Wir haben soeben die Nachricht erhalten, dass Präsident Obama das Zepter der ultimativen

Zerstörung eingesetzt hat. Nachdem er die heiligen Voodoo-Gesänge geflüstert hatte, die ausschließlich an amerikanische Präsidenten am Tag ihrer Amtseinführung weitergegeben werden, legte er das Land Syrien in Schutt und Asche, indem er einen weißen Lichtblitz aus dem Zepter entlud, der jeden Menschen dort entzündete und verglühen ließ, der uns schaden wollte und, äh ... anderes Zeug.«

»Ihr unterbrecht mich?«, rief Trump in seinem Wohnzimmer. »Das ist mein Sendeplatz! Neun Uhr auf diesem Kanal. Der gehört mir. Das war der Vertrag.«

»Tja, sieht so aus, als ...«, setzte Stoneheart an.

»Was ist mit diesen Wohltätigkeitsvereinen, für die diese Promis gespielt haben? Wir haben geglaubt, wir würden Sendezeit bekommen, also haben wir denen Geld gegeben. Wir haben der Wohltätigkeit Geld gegeben, ohne Grund! Können wir das zurückholen?«

»Ich will deutlich sein«, sagte Obama auf dem Bildschirm. Er stand vor dem Weißen Haus und hielt das Zepter der ultimativen Zerstörung mit einer Hand über seinen Kopf. Unter seinen Augen befanden sich Streifen aus Blut als Kriegsbemalung. »Es gibt das Böse in der Welt. Das ist es, was Menschen zum Töten zwingt. Das ist es, was sie dazu bringt, alles in ihrer Macht Stehende zu tun, um Schrecken in den Herzen unschuldiger Menschen auszulösen. Und so lange es das Böse in der Welt gibt, liegt es in der Verantwortung von uns, den Guten ... die Herzen ihrer scheiß Kinder zu fressen!«

»Wer ist der Kerl?«, fragte Trump an Stoneheart gewandt. »Warum hält der Sender seine Ansprachen für wichtiger als meine?«

»Obama? Sie wissen nicht, wer Obama ist? Er ist der Präsident der Vereinigten Staaten.«

Trump sah sich den Mann auf dem Bildschirm noch einmal an, der mit dem Zepter über dem Kopf und der Kriegsbemalung im Gesicht in die Kamera schrie. Er drehte sich wieder zu Stoneheart um.

»Was zum Teufel ist ein Präsident?«

***

»Das Internet macht sich gern über Trump lustig«, sagte Trump. »Das Internet hält Trump für eine Lachnummer. Tja, wenn Trump eine Lachnummer wäre, wäre Trump dann im Fernsehen mit euch Promi-Idioten, die ihm die Stiefel lecken? Wäre er?«

»Sorry, nur um das klarzustellen, wenn Sie Trump sagen, dann meinen Sie sich selbst, ja?«, fragte Penn Jillette.

»Natürlich.«

»Okay, ich wollte nur sicher sein.«

»Wie viele *Lachnummern* kennt ihr, die Steaks in Flugzeugmagazinen verkauft haben?«

Penn Jillette und Lisa Lampanelli sahen einander an, unterdrückten ein Lachen und vermieden Augenkontakt mit Trump. Lou Ferrigno war Meilen entfernt; er klopfte sich mit dem Zeigefinger der einen Hand auf die Innenfläche der anderen, mit einer verwirrten Miene, als hätte er entweder den Finger oder die Hand eben erst entdeckt. Gary Busey war im Stehen eingeschlafen und hatte, seinen unregelmäßigen Zuckungen nach zu urteilen, wahrscheinlich Albträume.

»SmittenKitten69 hat gesagt, dass Trump sich selbst so tief in den Arsch gekrochen ist, dass es wahrscheinlich Gallenflüssigkeit ist, die seinen Haaren diese Farbe gibt. Ich frage, würde ein Kerl, der sich selbst in den Arsch kriecht, dreizehn Millionen Dollar für ein Massivgoldklo ausgeben?«

»Äh, sorry«, sagte Penn Jillette. »Hat das irgendwas mit der Show zu tun? Es klingt irgendwie nur so, als würden Sie sich vor uns gegen die Blogger verteidigen.«

»Ich bin die Show. Die Show ist toll; sie ist fantastisch. Ich mache sie toll, indem ich hier bin. Man wird nicht reich und berühmt, indem man sich in den eigenen Arsch kriecht und eine Lachnummer ist.«

»Na ja …«, sagte Lisa Lampanelli.

»Habt ihr … Hände?«, fragte Lou Ferrigno, der sich noch immer auf die Handfläche klopfte.

»Trump bekommt nicht den Respekt, den er in dieser Stadt verdient«, sagte Trump. »Ein x-beliebiger Idiot glaubt, er kann meine Sendung unterbrechen, nur weil er ein Land mit einer Art Superwaffe in die Luft jagt? Ich habe ein Kasino gebaut! Steaks tragen meinen Namen! Welche Art Lebensmittel verkaufst du, Obama? Kohl?«

»Ich … ich weiß nicht mehr, worüber wir reden«, sagte Lisa mit einem Seitenblick auf Penn.

Penn brach in Gelächter aus. »Wollen Sie sagen, Sie sind sauer, weil Sie nicht genügend Respekt von SmittenKitten69 und Obama bekommen?«

»Warum ist er der ultimative Promi? Was hat er getan, das so besonders ist? Menschen umgebracht? Ich kann auch Menschen umbringen. Ich kann Millionen von Menschen umbringen. Ich werde jeden umbringen.«

»Er ist der Präsident«, sagte Lou Ferrigno, der irgendwann wieder den Anschluss an das Gespräch gefunden und festgestellt hatte, dass Trumps Abschweifen sogar für seine Verhältnisse dämlich war.

»Ja, alle Sender zeigen ihn, wenn er eine Rede hält«, sagte Gary Busey. »Keiner will derjenige sein, der den Knüller verpasst hat.«

»Warte mal«, sagte Trump. »Du meinst, er hat nicht einfach nur meine Sendung unterbrochen, sondern er hat alle Sendungen auf allen Sendern unterbrochen? Er war auf jedem Kanal? Es gab nichts anderes zu sehen, als ihn?«

»J-ja ... so ziemlich«, sagte Lisa Lampanelli.

»Wie oft kann der das machen?«

»Mindestens so oft, wie er beschließt, in den Krieg zu ziehen«, sagte ein sarkastischer Penn mit einem Achselzucken.

Trump betrachtete ihre Gesichter und entschied, dass sie es ernst meinten. »Wie hat er den Job bekommen?«

Kapitel 6

»Der Deal steht endlich«, sagte Kamera-Typ oder Booking-Typ oder wer immer Blonder-Ziegenbart-Typ in puncto Berufsformulierung war. »Donald Trump wird Ihnen ein Exklusivinterview geben, unter der Voraussetzung, dass es live übertragen wird und unverändert bleibt.«

»Live und unverändert?«, fragte Michael Moore. »Warum würde er das wollen? Und wie hilft uns das weiter? Wenn wir ein Live-Interview machen, müsste Schnitt-Typ unsere Sendung währenddessen zusammenschneiden. Das geht nicht. Was wäre dann mit all dem Material, das wir von Menschen gesammelt haben, die sagen, er ist ein Eidechsenmann, oder dass er Ziegenblut trinkt, oder so?«

»Ich weiß es nicht, aber ich hab einen Vorschlag: Wir heben uns das alles für nächste Woche auf. Diese Woche machen wir das Live-Interview, zu seinen Bedingungen, und Sie fragen ihn nach allem, was wir brauchen, um unsere Folge zu füllen. *Sind Sie der Teufel? Was sagen Sie zu den Gerüchten, dass Sie so viele Frösche essen, weil der Schleim das Böse in Ihrer Seele nährt? Ist das ein Haarteil oder sind es geschickt positionierte Hörner?* Er will es live, was wahrscheinlich heißt, dass er versuchen wird, die Show an sich zu reißen, also werden Sie mit ihm um die Kontrolle über das Interview kämpfen müssen.«

»Was für ein Spiel spielt er? Warum lehnt er unsere Interviewanfragen so lange ab und sagt dann plötzlich zu? Er muss was zu sagen haben, oder?«

Kamera-Typ oder wer auch immer seufzte. »Ich weiß es nicht. Hören Sie, Michael. Sie müssen aufpassen, dass Sie diesen Kerl nicht unterschätzen. X-Pensive hat über ihn geredet und ist verschwunden, Ihr Freund Sy hat Ihnen Dinge über ihn erzählt und ist verschwunden, Alex Jones hat eine Sendung über ihn vorbereitet und starb unter ziemlich verdächtigen Umständen. Wenn Sie ein Live-Interview mit ihm ausstrahlen, dann haben Sie die Chance, ihn auf dem falschen Fuß zu erwischen und ihn in die Defensive zu drängen, aber wenn er die Oberhand gewinnt, dann kann man nicht sagen, wie schlimm es werden könnte. Sie müssen die Kontrolle behalten, Ihre Fragen stellen. Und vergessen Sie nicht: Wenn alle Stricke reißen, packen Sie seine Haare, so fest Sie können, und ziehen Sie.«

»Hör doch auf. Du glaubst das Zeug doch nicht wirklich, das diese Typen von sich gegeben haben, oder? Wenn ich ihn wirklich bei den Haaren packe und daran ziehe, was glaubst du, passiert dann? Ernsthaft?«

Blonder-Ziegenbart-Typ zeigte ein halbes Lächeln und schüttelte den Kopf. »Wo ist Glenn Beck?«

***

»Erinnern Sie sich an alles, was wir vom Fernsehen gelernt haben«, sagte Roger Stoneheart, der Weihrauch verbrannte und ihn über Donald Trumps Kopf schwenkte, während sie Ziegenblut tranken und Ozzie rückwärts hörten. »Das amerikanische Volk spricht auf Angst an. Sie wollen Blut sehen. Sie wollen, dass Sie ihre Wut nehmen und sie für sie fokussieren und ausrichten.«

»Verstehe, verstehe. *Die Muslime waren's. Es gibt zu viele Mexikaner. Frauen sind unzuverlässig.* Eine Menschengruppe aussuchen und sie zum Sündenbock für alles machen. Das ist leicht.«

»Genau. Wenn er Sie also fragt, was Ihrer Meinung nach mit der Wirtschaft geschehen muss, dann sagen Sie ...«

»Sie muss in Ordnung gebracht werden. Und eine Sache, die wir tun müssen, damit das passieren kann, ist, all diese beschissenen Liliputaner loswerden.«

»Okay, aber Sie müssen die Zusammenhänge herstellen. Das können die nicht allein.«

»Wenn Menschen rausgehen und arbeiten und Geld verdienen, dann floriert die Wirtschaft. Jemand, der nicht über den Verkaufstresen gucken kann oder eine Kasse erreichen oder das Gaspedal in einem Taxi durchtreten, so einer ist eine Belastung für die Wirtschaft. Wir brauchen eine Nation voller lebensgroßer Amerikaner mit normalen Körpern, die jeden Tag da rausgehen und Geld verdienen können. Diese Liliputaner schaden der Wirtschaft und sie ziehen uns alle mit sich runter.«

»Perfekt.«

»Was, wenn er mir mit Zahlen kommt?«

»Was meinen Sie?«

»Was, wenn er sagt: *Seit dem elften September haben Terroristen mehrere hundert Amerikaner getötet und Krebs und Herzerkrankungen haben fast zwanzig Millionen getötet. Wären wir nicht in der Lage, mehr Leben zu retten, wenn wir die drei Billionen Dollar nähmen, die wir für den Krieg gegen den Terror ausgegeben haben, und sie dafür verwenden würden, Menschen vor Dingen zu schützen, die sie tatsächlich umbringen?*«

»Das wird er nicht sagen. Niemand darf das im Fernsehen sagen, weil alle Sender die Angst verkaufen. Aber wenn er es tut, dann verkaufen Sie die Angst direkt wieder zurück: *Es wäre schön, in einer Welt zu leben, in der die Menschen nicht versuchen, uns zu töten, und in der wir uns darauf konzentrieren können, Krankheiten zu bekämpfen, aber das ist nicht die Welt, in der wir leben.* Zahlen spielen keine Rolle. Amerikaner verstehen nichts von Zahlen. Bomben sind furchteinflößender als Krebs.«

»Macht Sinn.«

»Sonst noch was?«

»Wenn die was ansprechen, von dem ich noch nie gehört hab? Wenn er mich fragt: *Was halten Sie von der Arbeit, die Joe Irgendwer als Minister von Was-Auch-Immer geleistet hat?*«

»Dann sagen Sie: *Hören Sie, Gott segne Joe Irgendwer, er tut sein Bestes, aber es ist verdammt noch mal nicht gut genug. Das amerikanische Volk verdient einen besseren Was-Auch-Immer als Wer-Auch-Immer und ich werde dafür sorgen, dass es den bekommt!*«

»Verstanden.«

»Und sagen Sie es laut. Es ist ein biologischer Zwang, einem Kerl zu folgen, der schreit. Geht auf die Zeit der Höhlenmenschen zurück.«

»Vielleicht sollte ich alles brüllen ...«

»Picken Sie die Rosinen heraus. Immer zu brüllen wäre entnervend, aber manche Dinge müssen Sie brüllen. Sinn und Verstand spielen keine große Rolle.«

»Verstanden!«

***

»Hallo. Ich bin Michael Moore«, sagte Michael Moore in die Kamera. »Danke, dass Sie heute Abend eingeschaltet haben zu einer besondern Live-Ausstrahlung von Michael Moores *1001 Gründe, Amerika zu hassen.* Heute werde ich mit einem der verlockendsten Gründe dafür, Amerika zu hassen, sprechen: Donald Trump. Trump gelangte durch sein Erbe in die Oberen Zehntausend, aber seither hat er sich als Immobilienmogul, Lebensmittelverkäufer und Reality-Spielshow-Gastgeber lächerlich gemacht. Seit ein paar Monaten hat er seine einstmals wohltätigen Gewohnheiten zugunsten von Gier und Eitelkeit aufgegeben. Er besitzt eine Goldtoilette, Prominente katzbuckeln vor ihm, um ihr Image zu verbessern, und den Großteil seiner Zeit verbringt er damit, Menschen auf Twitter zu beleidigen. Bitten wir in zu uns. Donald Trump, meine Damen und Herren.«

Das Studiopublikum buhte und zischte, als Trump in einem schwarzen Anzug und einer grässlichen, goldenen Krawatte, die beinahe zu seinen Haaren passte, die Bühne überquerte.

Er posierte für die Kameras, zeigte hinein, und blieb hin und wieder stehen, um aufgebrachten Menschen im Publikum herablassende Grimassen zu ziehen. Als er Michael

Moores Schreibtisch erreichte, schüttelten sie sich die Hände und nahmen einander gegenüber Platz.

»Hallo, Mr, Trump.«

»Bitte, nennen Sie mich großartig.«

»Äh … nein, danke. Wie geht es Ihnen?«

»Bei was?«

»Entschuldigung?«

»Wie geht es mir bei was?«

»… beim … Gesundsein?«

»Fantastisch. Am besten. Besser als jedem anderen.«

»Ja, wie schön.«

»Ich war nie krank. Nicht mal als Baby.«

»Okay. Das war nicht wirklich eine Interviewfrage, nur eine …«

»Als ich in der sechsten Klasse war, hatten alle Kopfläuse. Die ganze Klasse. Siebenundzwanzig Kinder. War wie ein Läusekäfig, das Klassenzimmer. Mehr Läuse als Haare. Man konnte sie rumspringen sehen. In ganzen Schwärmen. Ich war das einzige Kind in dem Raum, das keine Läuse bekommen hat. Hab jede Einzelne verschlungen, die auf mich zukam. Ich hab diesen Raum *von Kopfläusen befreit*!«

Nicht nur Michael Moore war still, sondern das gesamte Studiopublikum. Alle betrachteten Trump mit verdutzten Gesichtern und warteten darauf, dass er weiterredete, aber er grinste nur selbstsicher und nickte auf stolze, eingeübte Weise.

»Sie haben die Läuse gegessen?«, fragte Moore.

Trumps Blick suchte die Bühne ab und landete auf Roger Stoneheart, der seinen Kopf schüttelte und vor sich mit den Händen wedelte.

»Nein«, sagte Trump zu Moore. »Nicht wortwörtlich. Ich meinte meine Haare.«

Das Publikum verfiel in brüllendes Gelächter. Es gab Applaus und jenseits der Kameras richtete Stoneheart die Daumen nach oben.

Auch Michael Moore lachte. »Okay. Sie meinen, Sie hatten einen schweren Läusebefall?«

»Nein!«, schrie Trump und die Menge hörte auf zu lachen. »Was hab ich grad gesagt? Ich war noch nie krank. Ich hab diese kleinen Scheißkerle mit meinen Haaren gefressen!«

Dieses Mal gab es kein Gelächter und Stoneheart war wieder dazu zurückgekehrt, mit den Händen zu wedeln und seinen Kopf zu schütteln. Michael Moore wägte seine Möglichkeiten ab. Er hatte einen perfekten Übergang zur Haardiskussion, aber es war zu früh im Interview, um diese Richtung einzuschlagen. Instinktiv, ohne die Zeit zur Überlegung zu haben, schluckte er den Köder.

»Ich würde Sie gern etwas über Ihre Haare fragen …«

»Ich habe fantastische Haare. Ich habe die besten Haare. Warum fragen Sie mich nicht was über ein soziales Thema?«, entgegnete Trump.

»Ein soziales Thema?«

»Deswegen sind all diese Leute hier, oder?«

»Ist das so? Ich dachte, Sie sind ein Gameshow-Moderator.«

»Ich bin Donald Trump. Ich bin großartig. Donald Trump ist nichts anderes als großartig. Was ist Ihr liebstes soziales Thema?«

Moore erstarrte. Davor hatte ihn Blonder-Ziegenbart-

Typ gewarnt. Schon jetzt übernahm Trump das Interview. Er musste das Ruder wieder herumreißen.

»In Ordnung«, sagte Moore. »Ein soziales Thema. Warum reden wir nicht über die Arbeitsplatzsicherheit in diesem Land? Neulich traf ich einen Kerl in einer Bar, einen Betrunkenen namens Säufer-Sy … Entschuldigung, namens Sy. Und der war gerade aus einer sicheren Position als Assistent eines erfolgreichen Unternehmers gefeuert worden …«

»Hören Sie, wir alle hätten gern sichere Positionen bei erfolgreichen und attraktiven Unternehmern, aber das ist nicht das Amerika, in dem wir leben. Das war es mal. Es gab grad genug Arbeitsplätze. Und dann auf einmal beschlossen die Frauen, dass sie nicht damit zufrieden waren, zu Hause zu bleiben und die Kinder zu erziehen. Plötzlich wollten sie auch arbeiten. Jetzt gibt es zu viele Arbeitskräfte und nicht genug Arbeitsplätze und das ist ein Problem. Was wir tun müssen ist, die Frauen wieder in die Küche zurückzubringen. Sie müssen wieder an ihren Figuren arbeiten, gut aussehen und sich um den Haushalt kümmern, wie sie es früher getan haben, damit alle Männer Arbeit haben können.«

Nach einer kurzen und verwirrten Stille seitens der Menge ertönten Buh- und Beifallsrufe gleichermaßen.

»Richtig!«, sagte ein Mann mit Ehefrau und zwei Töchtern. »Zeigen wir diesen Weibsstücken, wo sie hingehören!«

»Frauen sind scheiße!«, rief eine Frau.

»Du bist scheiße!«, brüllte eine andere Frau sie an.

Im nächsten Moment ohrfeigten sich die beiden und Ordnungskräfte trennten sie von einander.

»Seht euch an, wie die kämpfen!«, rief der Mann, der von Frauen umgeben war, die ihn liebten. »Die sind so peinlich!«

Roger Stoneheart lächelte und nickte an seinem Platz im Kamera-Off. Er formte die Worte ›es funktioniert‹ in Donald Trumps Richtung.

Michael Moore verschluckte sich an seiner Stimme, bevor er fortfuhr. »Das erscheint mir zu stark vereinfacht. Und dumm. Und es ist ein wenig suspekt, dass dieser Mann, der für Sie gearbeitet hat, mitten in der Nacht von einer schwarzen Limousine aufgegriffen wurde, nachdem er angefangen hat, den Menschen zu erzählen, dass Sie ihn gefeuert haben. Und es ist noch weit verdächtiger, dass ihn seitdem niemand mehr gesehen hat.«

»Ich will Ihnen mal was sagen. In diesem Land gibt es einen Haufen illegaler Mexikaner. Ich hab kein Problem damit, dass das Mexikaner sind, ich finde das toll, aber sie vergewaltigen und töten und manche von denen fahren schwarze Limousinen und jede Menge Menschen verschwinden. Es gibt einen Grund, warum dieses Land Amerika heißt, nicht Mexiko, und man muss kein Genie sein, um zu erkennen, dass jeder Mexikaner hier es ein bisschen weniger amerikanisch macht. Mexikaner sind nicht gut genug für Amerika und ich sage das mit absoluter Zuneigung zu Mexikanern.«

Noch immer gab es Buhrufe im Publikum, aber sie schafften es nicht, die Lautstärke des Jubelns zu halten.

»Los Mexicanos son pendejos!«, brüllte ein Mexikaner und bedankte sich dann bei sechs weißen Männern dafür, dass sie ihn zusammentraten.

»Burritos sind überbewertet«, rief ein halb-weiblicher Menschenklumpen in seinem Elektrorollstuhl.

Michael Moore spürte, wie er schwitzte, mehr, als sein Gewicht das normalerweise bedingte. Er verlor die Kontrolle über das Interview. Trump war besser, als er erwartet hatte, oder zumindest ließ sich das Publikum leicht lenken.

»Was ist mit X-Pensive? Was ist mit Alex Jones? Was ist Ihrer Meinung nach mit denen passiert?«

»Hören Sie, Gott segne Alex Jones«, sagte Donald Trump. »Er gibt sein Bestes, aber er ist verdammt noch mal nicht gut genug. Das amerikanische Volk verdient einen besseren Was-Auch-Immer als Alex Jones und ich werde dafür sorgen, dass es den bekommt!«

Die gesamte Menge brüllte ihre Zustimmung und stieß wüste Meinungen über Alex Jones aus, den die meisten von ihnen gar nicht kannten.

»Was zur Hölle sind Sie?«, rief Michael Moore. »Was steckt unter diesen irren Haaren?«

Er sprang aus seinem Sessel und stürzte sich auf Trump, um seine Finger fest um den hässlichen Schopf pissgelber Schamhaare zu schlingen, der auf Donald Trumps Kopf saß. Er zog, so fest er konnte, aber das Haar gab nicht nach.

Ein heftiger Schmerz schoss durch Moores Finger. Er riss seine Hand aus den Haaren und drückte die Finger seiner anderen Hand fest darum. Er spürte, wie Blut aus seiner geschlossenen Faust auf den Boden tropfte und er ließ seine Hand los, um festzustellen, dass sein Mittelfinger am obersten Gelenk abgetrennt worden war.

»Verdammte Scheiße!«, rief Michael Moore.

Dann schrie er.

Donald Trump lachte irre. Obwohl sie drinnen waren, auf einer hell erleuchteten Tonbühne, schien ein Lichtblitz den Raum über ihnen zu zerteilen, während er lachte. Das Publikum lachte mit ihm; es applaudierte und skandierte immer wieder seinen Namen, während Michael Moore auf die Knie fiel und sein Blut vor ihm auf die Bühne tropfte.

»Hiermit erkläre ich meinen Wunsch, Amerika wieder großartig zu machen«, sagte Donald Trump direkt in die Kamera, während die Menge tobte. »Dieses Jahr werde ich Kandidat bei *America's Next Top President*!«

***

»Danke, Taxifahrer«, sagte Michael Moore, während er aus dem Taxi und auf die Stufen vor seinem Hotel stieg. Er hielt seinen frisch bandagierten Finger schützend in der Innenfläche seiner anderen Hand. Die Fingerspitze fehlte immer noch; sie war irgendwo im Inneren dieses Dings auf Trumps Kopf verloren gegangen.

»Ich heiße nicht Taxifahrer«, sagte der Taxifahrer.

»Travis … Bickle?«, fragte Moore.

Der Taxifahrer zeigte ihm den Mittelfinger und fuhr davon.

Moore stöhnte, während er die Stufen hinaufstieg und an seinem eigenen, massiven Körper vorbeilangte, um sein klingelndes Handy aus seiner Tasche zu fischen.

»Hallo?«

»Hi, hier ist, äh … Produzenten-Typ.«

»Hey, Produzenten-Typ, was geht?«

»Ich wollte nur sicherstellen, dass Sie gut zu Ihrem Hotel

zurückgekommen sind. Ohne schwarze Limousinen oder mysteriöse Autounfälle.«

»Mir geht's gut, Produzenten-Typ. Ich will einfach nur auf mein Zimmer gehen und schlafen. Wissen Sie, dass sie den Finger nicht gefunden haben? Wo er hingekommen sein könnte? Auf dieser Bühne gab es nichts außer uns. Seine gottverdammten Haare haben ihn gefressen. Genau wie in seinem Witz über Kopfläuse. Seine Haare haben meinen gottverdammten Finger *gefressen.*«

»Vielleicht. Vielleicht haben seine Haare Ihren Finger gefressen. Aber Sy und X-Pensive sind beide definitiv unauffindbar und Alex Jones ist ziemlich tot und was die alle kurz vor ihrem Verschwinden getan haben ist dem sehr ähnlich, was Sie heute getan haben, also müssen wir uns jetzt alle voll und ganz auf der Hut sein.«

»Ich hab's kapiert, Produzenten-Typ. Ich habs kapiert«, sagte Moore, als er die Lobby auf dem Weg zu den Fahrstühlen durchquerte. »Nein, mir ist keine Limousine gefolgt. Ja, ich hab nachgesehen, um sicherzugehen. Nein, ich mache mir keine Sorgen um …« Er unterbrach sich. »Oh.«

»Was?«

»Nichts. Nur … vor dem Fenster steht eine schwarze Limousine auf dem Parkplatz.«

»Machen Sie, dass Sie da rauskommen!«

»Ist schon okay. Das ist ein großes Hotel. Eine Menge Menschen fahren schwarze Limousinen. Das sind wahrscheinlich nur ein paar Mexikaner.«

»Michael …«

»Ich bleib am Telefon, bis ich mein Zimmer überprüft hab.«

Die meiste Zeit, während der Fahrstuhl ihn zur obersten Etage beförderte, waren sie still. Alle paar Sekunden fragte Produzenten-Typ, ob Moore noch da war, und Moore knurrte, dass alles in Ordnung war, nur nicht in Ordnung genug, als dass ihm nach einer Unterhaltung zumute wäre.

Die Wahrheit war, sie steckten in Schwierigkeiten. Unabhängig von all dem war Moore erledigt. Er war in der heutigen Folge wie ein Idiot erschienen, und wenn er nächste Woche den Trump-Verriss zeigen würde, dann würde das verbittert und lächerlich aussehen. Die Show war am Ende und seine Karriere war wahrscheinlich mit ihr zugrunde gegangen. Er hatte einen Hinweis in eine schwarze Gasse hinein verfolgt und war in einen Kanalschacht gefallen. So endete es. Limousine oder nicht, Männer in den Schatten oder in Studiobüros, Michael Moore war nicht länger ein Fernsehstar, außer vielleicht in jener peinliche Weise, in der Dennis Miller noch immer ab und zu bei Fox erschien und alle sich wünschten, er würde das sein lassen.

Er erreichte die oberste Etage, steckte die Schlüsselkarte in seine Tür, zog sie auf und betrat das dunkle Zimmer.

»Ich betrete jetzt meine Suite und schalte die Lampen ein«, sagte er in sein Handy. »Sie funktionieren nicht. Das Licht in der Küche geht an, aber nicht das im Wohnbereich. Ich gehe ins Wohnzimmer und schalte die Stehlampe ein. Ich nähere mich der Lampe. Es ist niemand zu sehen …«

Er fasste nach unten und drehte den Knopf an seiner Lampe, und als er das tat, zuckte er zurück und ließ beim Anblick des Mannes in seinem Sessel sein Telefon fallen.

Der dünne Mann erhob sich und ging zum Telefon, um es aufzuheben und es einen Moment lang zu betrachten.

Die gedämpfte Stimme von Produzenten-Typ schrie und fragte Moore, was vor sich ging, bis der dünne Mann auflegte und eine vernichtende Stille in den Raum drang.

Michael Moore stand der Mund weit offen und er zwang sich zum Atmen. Es machte keinen Sinn. Es war, als wäre eine grundlegende Frage beantwortet worden, aber wie sie lautete, wusste er nicht.

Der dünne Mann lächelte ihn durchs Wohnzimmer hinweg an.

»Hallo, Michael. Ich bin Glenn Beck.«

TEIL II

Donald Trump und die Kampagne des Verderbens

Kapitel 7

»Guten Abend, Ladys und Gentlemen, und willkommen zu *America's Next Top President* – der Show, in der Sie entscheiden, wer das Zepter der ultimativen Zerstörung für die nächsten vier Jahre schwingen wird. Wir sind Ihre Moderatoren, die Bills. Ich bin *Roter* Bill O'Reilly.«

»Und ich bin *Blauer* Bill Maher. Also, Leute, es ist an der Zeit, dass Ihr Euer Stimmrecht bei einer Wahl zwischen einigen brandneuen Kandidaten ausübt, und dieses Jahr haben wir ein paar echte Scheißschurken, zwischen denen Ihr wählen könnt. Jeder von diesen Kandidaten ist eines Morgens aufgewacht und hat sich gedacht: *Jemand wird über jeden Mann, jede Frau und jedes Kind in diesem Land regieren und ich denke, ich wäre eine gute Wahl.* Jetzt liegt es an Ihnen, zu entscheiden, welcher Soziopath der Gewinner wird. Ich bin bereit; bist du bereit, Roter Bill?«

»Ich bin bereit, Blauer Bill. Ist Amerika bereit?«

Das Proletariat tobte in den Sitzen. »Gebt uns Blut! Gebt uns Blut!«

»Unsere erste Kandidatin im blauen Team«, sagte Roter Bill, »ist in der Chicagoer Gegend heimisch. Sie führt ein ziemlich angenehmes Leben, mit zwei noblen Häusern,

Privatflügen und einem enormen Einkommensstrom. Sie gibt sich als weit links aus, um bei Wählern zu punkten, die sich so identifizieren. Heißen Sie herzlich willkommen: Hilary ›Kriegsmaschine‹ Clinton.«

Hillary Clinton trat hinter dem Vorhang hervor, um ihren Platz am ersten von vier Podien einzunehmen. Sie winkte mit toten Augen und einem permanenten, zu großen Lächeln.

»Der nächste im blauen Team«, fuhr Roter Bill fort, »ist ein Mann, dessen verrückte, linksgerichtete Vision die Wirtschaft zum Einsturz bringen könnte, dessen dubiose Bemerkungen Donald Trump wie Abraham Lincoln wirken lassen. Applaus für Bernie ›Geldberner‹ Sanders.«

Bernie Sanders kam mit einem finsteren Blick auf die Bühne, der im krassen Gegensatz zu Hillarys gruseligem Lächeln stand. Er winkte mit beiden Händen und schüttelte seinen Kopf in Richtung Menge wie ein Stand-up-Comedian, der im Begriff war, sie zu beleidigen.

»In Ordnung, machen wir mit Team Rot weiter«, sagte Blauer Bill. »Die Partei der Wollt-Ihr-Uns-Verarschen-Kandidaten hat dieses Jahr ein paar echte Prachtexemplare für uns. Zuerst kommt ein Mann, der sich sehr gut auf den Dienst am Bösen versteht und den jeder, überall, hasst. Ted ›Der Knochensammler‹ Cruz.«

Ted Cruz' Bühnenauftritt hatte weder Emotion noch Charakter. Sein Gesicht war ausdruckslos, leblos, kaum menschlich, und sein Gang zum Podium war so steif und gezwungen, dass man sich fragte, ob ihm immer noch beigebracht wurde, sich auf eine Weise zu bewegen, die als menschlich durchging.

»Und zu guter Letzt«, sagte Blauer Bill, »ist es Zeit für einen menschlichen Stamm von Ebola, der darauf abzielt, uns alle umgehend zu vernichten. Willkommen auf der Bühne, Donald ›The Donald‹ Trump.«

Ein Getöse aus Anerkennung und Verachtung kam von der Menge, während sich die anderen Kandidaten in Donald Trumps Richtung drehten. Er unterhielt sich mit Stoneheart und hatte nicht gehört, dass sein Name genannt worden war. Einige lange Sekunden verstrichen, in denen die Menge brüllte und die anderen Kandidaten winkten, um ihm zu signalisieren, herauszukommen, aber er schenkte niemandem Beachtung.

»Donald Trump, bitte kommen Sie raus«, sagte Blauer Bill noch einmal.

Das ließ Donald Trump aufhorchen und er eilte zu seinem Podium. Auf seinem Weg schnitt er Grimassen und zeigte den Kameras und den Menschenmengen auf beiden Seiten den Mittelfinger. Er nahm Platz neben Ted Cruz.

»*Trump, bitte kommen Sie raus?*«, wiederholte er mit quengeliger Stimme an Cruz gewandt. »Was für 'ne bekloppte Ansage war das denn?«

***

»Es ist eine uralte amerikanische Tradition, mit der Arschlochrunde zu beginnen«, sagte Blauer Bill, nachdem das Logo mit dem Schriftzug *Arschlochrunde* über Fernsehbildschirme im ganzen Land geflimmert war. »Wir wissen, dass keiner von Ihnen auf dieser Bühne stände, wenn er kein Arschloch wäre, aber was lässt Sie glauben, dass Sie als

Arschloch groß genug sind, um das Zepter der ultimativen Zerstörung für das amerikanische Volk zu tragen?«

Der Lärm des Publikums traf die Kandidaten als Flutwelle und ließ sie hinter ihren Podien rückwärts schwanken. Es war der Klang einer Barbarengrube, die rote und blaue Spruchbänder schwenkte und von denen jeder Einzelne sein Maskottchen als das größere Arschloch verunglimpfte.

BERNIE IST EIN WEICHEI

SCHWANZVERGLEICH – CLINTON: 14 CM, TRUMP: 16 CM

»Okay, okay, beruhigt euch«, sagte Blauer Bill zur Menge. »Diese gottverdammten Leute. Ich hasse Publikum.«

»Sie sind zuerst dran, Mr. Sanders«, sagte Roter Bill. »Bitte erklären Sie dem Volk, warum Sie das größte Arschloch auf dieser Bühne sind.«

Bernie Sanders nickte. Er atmete ein und sah zum Publikum.

»Ich möchte gern mit einer persönlichen Note beginnen. Seit ich sechzehn Jahre alt war, hat mich niemand – nicht einmal meine Familie – mehr lächeln sehen. Diese anderen Kandidaten, die kommen hier raus und sie lächeln und winken Ihnen zu, und dann erzählen sie Ihnen, dass sie dieses Land in Ordnung bringen werden. Ich will Ihnen mal was sagen: Diese Wirtschaft ist so total am Boden, dass niemand, der das begreift, auch nur am Geburtstag seines eigenen Kindes lächeln könnte.

Jeder andere, der hier oben steht, der wird Ihnen davon erzählen, wen er diskriminieren will, wen er vorhat, aus dem Land zu werfen, und ich bin hier, um Ihnen zu sagen: Was immer die vorschlagen, es ist nicht genug. Wir stecken nicht in einer Krise, die mit kleinem, alltäglichem Arschlochverhalten gelöst werden wird. Das wird es nur noch schlimmer machen.

Wir haben in diesem Land ein Defizit von zig Billionen Dollar. Abhängig von den Zahlen, die Sie verwenden, sehen wir uns fünfzig, fünfundsiebzig, hunderttausend Dollar *pro Person* gegenüber – nicht pro jedem Menschen oberhalb der Armutsgrenze oder pro arbeitender Person; wir reden von jedem Mann, jeder Frau und jedem Kind in diesem Land. Das Sprichwort sagt, dass man Geld ausgeben muss, um Geld zu verdienen, und um zig Billionen Dollar zu verdienen, muss man so gottverdammt viel Geld ausgeben, dass es zum Fürchten ist.

Wenn diese anderen Kandidaten Ihnen erzählen, dass es an den Muslimen liegt, an den Frauen, an wem auch immer, dann will ich, dass Sie sich daran erinnern: Es liegt am Geld. Ich werde eine unverschämt große Geldsumme nehmen und ich werde ausgeben, ausgeben, ausgeben wie ein scheiß Lottogewinner. Ich werde jeden einzelnen Ihrer Pennies ausgeben, ich werde so viele Schuldscheine in Ihrem Namen ausstellen, wie es sein muss, aber ich verspreche Ihnen, wenn Sie mir die Kontrolle über das Geld aller anderen geben, dann werde ich uns alle aus der Armut freikaufen oder uns beim Versuch verdammen!«

Es waren die jungen Leute in der Menge, die am lautesten klatschten, aber die Kameras hielten sich von ihnen fern und konzentrierten sich auf die Mitglieder des Publikums, die spotteten und mit den Daumen nach unten zeigten. Bernie Sanders nickte kurz und beugte sich dann wieder über sein Podium wie ein mürrischer Gargoyle.

»Jury?«, fragte Roter Bill.

Die Jury drehte ihre Punktekarten um, um Sanders' Arschlochhaftigkeit zu bewerten. Er erhielt Einsen und Zweien, die zusammen acht von fünfzig möglichen Punkten von allen fünf Jurymitgliedern ergab.

»Acht«, sagte Blauer Bill. »Das sind beinahe extrem wenige Arschlochpunkte, nur zwei Punkte mehr als der rekordbrechende Niedrigstand, den wir von Ron Paul in der Wahl zur letzten Amtsperiode gesehen haben.«

»Wenden wir uns unserem zweiten Kandidaten zu«, sagte Roter Bill. »Ms. Clinton, wir wissen alle mit Bestimmtheit, dass Sie ein Miststück sind, aber sind Sie wirklich Miststück genug, um dieses Land zu regieren?«

»Ich bin *Arschloch* genug, danke vielmals«, sagte Clinton ohne Zögern.

Die Feministen in der Menge standen jubelnd auf. Clinton winkte, um sie zur Ruhe zu bringen, und sie gehorchten wie Hunde.

»Hören Sie«, sagte Clinton, »ich mag Bernie Sanders. Ich halte ihn für einen echten Scheißkerl; er ist einer meiner liebsten Menschen. Aber ganz offen gesagt, ich glaube nicht, dass er den umfassenden Mangel an Empathie besitzt, der nötig ist, um das Zepter der ultimativen Zerstörung in Händen zu halten. Wir reden hier von einem Kerl, der *gegen* den Patriot Act gestimmt hat. Einen Kerl, der *gegen* den Irakkrieg gestimmt hat. Sozialist? Absolut. Arschloch? Da wäre ich mir nicht so sicher.

Ist Geld ein grundlegendes Problem dieses Landes? Ja. Absolut. Ich denke, Sie kämen in große Verlegenheit, einen Menschen da draußen zu finden, der das nicht zugeben würde. Und ich *werde* eine furchterregende Menge Ihres Geldes dafür ausgeben, unsere finanzielle Situation zu verbessern, aber ich werde sie richtig ausgeben. Ich werde sie dafür ausgeben, Menschen einzusperren, die in ihrer Freizeit Marihuana rauchen. Ich werde sie dafür ausgeben, Landstriche von Ländern zu dezimieren, die die meisten von Ihnen nicht auf einer Landkarte finden können. Wenn wir Bernie das Zepter in die Hand drücken, glauben wir dann wirklich, dass er es überhaupt benutzen wird?

Wer sind Bernie Sanders Sponsoren? Sie? Das sind alles kleine Leute, arme Leute, Arbeiterabschaum; vertrauen Sie wirklich Menschen, die nicht einmal reich sind? Die Wall Street hat mich hierher gebracht. Monsanto hat mich hierher gebracht. Ich stecke mit der Korruption unter einer Decke, ich weiß, wie man sie für seine Zwecke einsetzt.

Und ganz nebenbei: Diese Typen da im roten Team, diese Kerle, die so davon besessen sind, Ihre Körper zu kontrollieren, zu kontrollieren, mit wem Sie Sex haben, die versuchen, Ihren Uterus zu besitzen – diese Typen wollen das Geld in Ruhe lassen. Die sind so um die Körper ihrer Nachbarn besorgt, dass sie die ihr Geld behalten lassen werden. Tja, Sie können Ihr Geld nicht behalten. Sie können mit Geld gar nicht umgehen. Wählen Sie mich und ich werde es nehmen.

Und anders als Mr. Sanders hier, den seine ideologische Beständigkeit einschränkt, hab ich auf beiden Seiten von fast jedem Thema gestanden, das Ihnen einfällt. Also wählen Sie ihn und er wird uns wieder in den Wohlstand kaufen, durch Zuwendungen an arme Menschen und ein Einzelspielergesundheitssystem. Oder wählen Sie mich und ich werde tun, wonach verdammt ich mich an jedem Tag fühle!«

Obwohl der Beifall der Menge diesmal nicht so laut war, konzentrierten sich die Kameras eher auf diejenigen, die jubelten. Auf der roten Seite schwenkte eine Gruppe ein Spruchband, auf dem stand: MUSCHIS SIND KEINE ARSCHLÖCHER, aber ein großer Teil des blauen Teams war dazu geneigt, zu widersprechen. Clinton war nicht einfach irgendein Arschloch. Sie war ihr Arschloch.

Die Jurymitglieder flüsterten miteinander, lächelten und nickten, bevor sie ihre Punkte zeigten. Clinton hatte durch die Bank Siebenen und Achten bekommen.

»Siebenunddreißig von Fünfzig«, sagte Blauer Bill. »Das sind sehr respektable Arschlochpunkte für Hillary Clinton. Es wird interessant, zu sehen, ob einer unserer Gegner aus Team Rot das überbieten kann. Mr. Cruz, Sie sind dran.«

Ted Cruz beugte sich zu seinem Mikrofon und atmete ein, langsam, tief.

»Lassen Sie mich zuerst den Gedanken zerstreuen, dass wir im roten Team nicht leichtfertig Geld ausgeben werden«, sagte er, »denn das werden wir. Es mag nicht der Grundstein meiner Kampagne sein, doch ich werde mit Geld um mich werfen wie mit Konfetti. Aber es ist eine simple Tatsache, dass man, um alle Probleme dieses Landes zu lösen, nicht so viel Geld in den von meinen Gegnern vorgeschlagenen Bereichen ausgeben muss, wie diese hier glauben mögen.

Wenn Sie mir dieses Zepter in die Hand geben, dann werde ich den gesamten Mittleren Osten in Schutt und Asche legen. Ich werde illegale Einwanderer aus diesem

Land treiben wie der Rattenfänger von Hameln, in einen Fluss hinein, wenn es sein muss. Ich werde jede nichtmuslimische Abtreibung in diesem Land verhindern und Abtreibungen für Muslime zur Pflicht machen, denn jedes Leben ist heilig, das kein Muslimisches ist.

Wenn wir dieses Land wieder etwas weißer machen können, ein bisschen mehr auf dieselbe Wellenlänge bringen, dann können wir die Zerstörung im Ausland drastisch vergrößern und jeden dazu bringen, sich einzupissen vor Angst, dass wir uns ihn als Nächstes vorknöpfen werden. Wir können sagen: *Fahr zur Hölle, China. Wir zahlen dir das Geld nicht zurück, das wir dir schulden.*

Sanders und Clinton wollen, dass wir uns aus unseren Schulden raus kaufen? Ich sage, wir lassen alle den Bordstein fressen, auf unserem Weg nach draußen. Es ist nämlich leicht, eine Schuld von dem streberhaften Kind mit der Brille einzutreiben, das schwört, dass es daran arbeitet, das Geld zu bekommen, aber der große Kerl, dessen Fäuste mit dem Blut von anderen und mit Scheiße überzogen sind, das ist der Kerl, der dir dein Essensgeld abnimmt und deine Schwester vögelt. Und *das* ist das Amerika, an das ich glaube!«

Die Schreie der Menge waren jetzt so laut, dass es schwerfiel, festzustellen, wie viele davon der Zustimmung galten und wie viele dem Widerspruch. Jede Seite strengte sich an, ihre Meinung lauter herauszuschreien als die andere, und das Ergebnis war schlicht Lärm – ohrenbetäubender, unerträglicher Lärm.

Die Jurymitglieder drehten ihre Karten um und enthüllten vier Neunen und eine Zehn.

»Wow!«, sagte Blauer Bill, als das Publikum endlich ein Level erreichte, das es ihm erlaubte, sich selbst zu hören. »Wow, wow, wow! Eine Punktzahl von sechsundvierzig für Ted Cruz, nur ein Punkt weniger als das Rekordhoch für Newt Gingrich letzte Amtsperiode. Ich glaube, wir haben gerade den Gewinner der Arschlochrunde ermittelt.«

Ein Zeigefinger locker zur Decke hin ausgestreckt, hob Donald Trump eine Hand über den Kopf, als zöge er eine schlecht gefertigte Waffe.

»Seid mal nicht so sicher«, sagte er mit gespitzten Lippen und gehobenen Augenbrauen.

Der Tumult erstarb augenblicklich. Das Publikum, die Jury, die Moderatoren – alle wurden still und richteten ihre Blicke auf Donald Trump, der den Raum betrachtete und grinste.

»Ich werde damit anfangen, ein paar Dinge über Mexikaner zu sagen«, sagte Donald Trump, zog sein Mikrofon aus der Halterung und trat vor das Podium. »Und dann werde ich zu Muslimen übergehen, zu Schwarzen, Frauen, geistig Behinderten und zu meinem Schwanz …«

Kapitel 8

»Heilige Scheiße«, sagten Michael Moore und Glenn Beck gleichzeitig, als das Autoradio verkündete, dass Donald Trump soeben eine beispiellose perfekte Punktzahl in der Arschlochrunde erzielt hatte.

»Wie ist das möglich?«, fragte Michael Moore.

»Glauben Sie mir«, sagte Glenn Beck, »was hier vor sich geht, ist vermutlich teuflischer als alles, was Sie sich vorstellen können. Diese Dokumentarfolge, an der Sie arbeiteten, wäre zu neunzig Prozent falsch gewesen und hätte zu zehn Prozent aus Kleinigkeiten bestanden, die kaum an der Oberfläche gekratzt hätten.«

Michael Moores Augen waren verbunden und sie waren drei Tage lang gefahren. Er wusste, dass sie ungefähr nach Südwesten unterwegs waren, aber viel mehr als das konnte er nicht sagen. Das Klima war zunehmend heißer und trockener geworden und der Verkehr hatte nachgelassen. Bei Blicken durch Raststättenfenster, wenn die Augenbinde entfernt wurde, oder durch das Autofenster, wenn er Beck schnarchen hörte, hatte er einen stetigen Rückgang der Vegetation bemerkt, und mittlerweile befanden sie sich in der

Wüste, aber es gab keine Orientierungspunkte oder Schilder, nichts, um ihren Aufenthaltsort zu bestimmen.

»Ich würde genau so gern ein Flugzeug nehmen wie Sie«, hatte Beck ihm irgendwann gesagt, »aber wir würden zu viel Aufmerksamkeit erregen. Jemand könnte uns an einem Flughafen entdecken und sich fragen, wohin wir unterwegs wären. Und ich kann Ihnen das nicht erklären, ohne es Ihnen zu zeigen. Sie würden uns niemals glauben.«

Er hatte nie gesagt, auf wen sich ›uns‹ bezog. Er hatte fast gar nichts gesagt. Den Großteil des ersten Tages hatte sich Moore auf seine eigene Hinrichtung gefasst gemacht, aber je mehr Zeit verstrich, desto deutlicher realisierte er, dass es schon geschehen wäre, wenn es denn hätte geschehen sollen.

Das Auto hielt an und Glenn Beck sagte: »Wir sind da.«

»Sind wir das?«, fragte Moore. »*Da* da?«

»*Da* da«, sagte Beck.

Moore konnte hören, wie sich die Fahrertür öffnete und wieder schloss und wie Becks Schritte sich ums Auto herum bewegten. Die ausgetrocknete Wüstenluft traf ihn schwer, als seine eigene Tür geöffnet wurde, als wäre sie die Tür zu einer Sauna.

»Kommen Sie«, sagte Beck und zog ihn aus dem Autositz. Als er stand, kam Becks Hand zu seinem Hinterkopf und löste die Augenbinde. Sie fiel rasch herab und das Licht traf mit solcher Wut auf seine Augen, dass er beide Hände vor sein Gesicht heben musste.

»Au. Was ist das für ein Ort?«, fragte er.

»Nur die Wüste. Lassen Sie sich einen Moment Zeit. Erlauben Sie Ihren Augen, sich anzupassen.«

Das tat Moore. Es dauerte lange, aber sobald der Schmerz nachließ und seine Pupillen ihre Arbeit verrichteten, wurde das Licht der Wüstensonne plötzlich verkraftbar, und er zog seine Hände weg, um zu erkennen, dass sie nirgendwo waren, meilenweit von jeder sichtbaren Straße entfernt in einer Einöde ohne Anzeichen von Zivilisation in allen Richtungen. Das Einzige, was in ihrer Nähe stand, war das Auto und ein einzelner Ein-Meter-Kaktus.

»Warten Sie«, sagte Moore. »Bitte töten Sie mich nicht. Ich werde alles tun. Ich werde die Republikaner wählen.«

Glenn Beck lachte. Er beugte sich langsam vor, legte eine Hand auf den Kaktus und drückte fest auf einen seiner Arme. Dieser klappte nach unten wie ein Hebel und ein tiefes, mechanisches Mahlgeräusch erklang unter ihnen.

»Was ... was ist das?«, fragte Moore.

Der Boden vibrierte unter ihren Füßen und ein Spalt tat sich in der Erde auf. Sand ergoss sich in ein Loch neben dem Kaktus. Moore riss seinen Kopf in alle Richtungen herum. Mehr als nur ein Spalt öffnete sich im Wüstenboden. Es waren vier und sie formten ein riesiges Quadrat, das sie beide umgab, zusammen mit dem Kaktus und dem Auto.

»Wir müssen wegrennen«, sagte Moore.

»Bleiben. Sie. Genau. Da. Stehen.«

Das Dröhnen verstummte und die Spalten öffneten sich nicht weiter. Jetzt war ein Quadrat in den Sand zu ihren Füßen gezeichnet, mit etwa sechs Metern Seitenlänge, und die beiden standen in seiner Mitte. Sie sahen einander an und Glenn Beck lächelte.

Michael Moore verlor beinahe das Gleichgewicht, als die

Erde unter ihm wegbrach. Ein neues Geräusch umhüllte ihn, leiser aber noch immer mechanisch, wie der Ausstoß komprimierter Luft, und die Wüste zog aufwärts an ihm vorbei. Sie fielen, zuerst langsam, dann zunehmend schneller, in einen verstärkten Metallschacht, der unter die Erde führte. Das helle Licht der Wüste verlor sich und der Stahlfahrstuhl um sie herum wurde in der Dunkelheit unsichtbar, während die heiße Wüstenluft erst kühler, dann kalt wurde.

Als sie den Boden des Schachts erreichten, wurde die Plattform langsamer und die Stahlwände öffneten sich zu einer unterirdischen Anlage, die sich mehrere hundert Meter in alle Richtungen erstreckte. Gläserne Laufgänge mit Chromgeländern grenzten an die riesigen Metallseiten des Gebäudes und bildeten Stockwerk um Stockwerk. Menschen in Laborkitteln eilten an Menschen in Anzügen vorüber, und hier und da zwischen ihnen befanden sich zweibeinige Kreaturen von Spezies, die Moore noch nie zuvor gesehen hatte.

Die Plattform kam zum Halten und eine menschliche Echse, etwa zwei Meter groß und in einem Laborkittel, nickte ihnen zu.

»Gentlemen«, sagte die Echse. »Willkommen in der Klapsmühle.«

***

Michael Moore presste sein Gesicht nahe an eine Glasscheibe, hinter der Feuer tobte und ein Schatten sich in unmöglichen Mustern zu bewegen schien. Ein schwarzer Schattenblitz schlug gegen das Glas vor ihm, ging in

Flammen auf und ließ ihn rückwärts gegen das Geländer taumeln.

Glenn Beck hielt ihn fest. »Wow, Vorsicht.«

»Was zum Teufel ist diese feuerspuckende Schattengestalt?«, rief Moore.

»Ich will Sie mal was fragen: Haben Sie jemals einen Dinosaurier gesehen?«

Moore zog ein spöttisches Gesicht über die dumme Frage, aber Beck starrte ihn schlicht an.

»N-nein«, sagte Moore schließlich.

»Nun ja, Sie können diesem Kerl dafür danken«, sagte Beck. Er deutete auf einen Glassteg, um Moore den Weg zu zeigen. Moore ging unverzüglich weiter.

»Natürlich hat er sie nicht alle erwischt«, sagte Beck. »Einige dieser Echsenmenschen hier schafften es schließlich, ihn einzufangen, aber bis dahin war der Schaden schon angerichtet.«

»Echsenmenschen? Schattenkreaturen? Was für ein Ort ist das, verdammt noch mal?«

Durch ein Fenster zu seiner Linken erblickte Moore eine Gruppe Männer in Anzügen, die mit Sy und X-Pensive in einem Büro saßen. Die beiden weinten; entweder wurden sie verhört oder eingeweiht.

»Hier rein, bitte«, sagte Beck und deutete auf eine Glastür, die in ein Büro führte.

»Aber … aber da drin ist eine Hyäne«, sagte Moore.

»Ach, um Gottes Willen«, sagte Glenn Beck. Er zog die Tür auf und rief: »Sir?«

Die Hyäne im Inneren sah von ihrem Sitzplatz auf einem Glastisch auf. Ihr Mund öffnete sich, als sie die Männer sah, und mit einer Pfote drückte sie auf einen Knopf des Telefons, das vor ihr auf dem Tisch stand. Sie sprang herunter und huschte über den Boden, um sie zu begrüßen.

»Michael Moore«, sagte die Hyäne. »Schön, Sie zu sehen. Was halten Sie von diesem Ort?«

Moore lachte; er kam sich wahnsinnig vor. »Was ist das hier? Was geht hier vor sich?«

»Oh, es tut mir leid. Ich vergaß, dass ich jetzt eine Hyäne bin«, sagte die Hyäne. »Ich bin Alex Jones. Ich musste den Körper mit einer Hyäne tauschen und die Hyäne bei einem Autofall töten, um die davon abzuhalten, nach mir zu suchen. Wir leben in gefährlichen Zeiten.«

Moores Augen weiteten sich. »Alex Jones? Du … Sie klingen wie er …«

»Ich bin er«, sagte die Hyäne. »Ich weiß. Sie denken: *Aber Alex, dieser Untergrundverschwörungskram ist genau das, was Sie verdammen. Wie können Sie ein Teil davon sein?* Daran bin ich gewöhnt. Schenken Sie dem, was ich an der Oberfläche gesagt habe, nicht zu viel Beachtung. Das ist nur eine Figur, die ich spiele. Ein Ablenkungsmanöver, um die Öffentlichkeit nicht auf unsere Spur zu bringen. Der echte Kampf um die Wahrheit spielt sich in den Schatten ab.«

»Ich hab nichts dergleichen gedacht. Ich hab mich nur gefragt, wie Sie Ihr Bewusstsein in eine Hyäne übertragen konnten. Wie ist das überhaupt möglich?

»Auf dieselbe Weise, wie Nixon sein Bewusstsein in diesen Kater übertragen hat, der in Alaska Bürgermeister wurde.«

»Wie bitte?«

»Unter anderen Umständen hätte ich Sie gern langsam an all das herangeführt«, sagte die Alex-Jones-Hyäne, während sie aus dem Büro trat und Moore mit einem Ruck ihres Kopfes bedeutete, ihr zu folgen. »Aber im Moment ist alles so hektisch, dass es schwer ist, Zeit für Verantwortung zu finden.«

»Was meinen Sie? Wegen Donald Trump?«

»Nein. Oder … doch … ja … aber nein. Das ist eine wichtige Wahl in der amerikanischen Geschichte, aber nicht auf eine Weise, von der das amerikanische Volk erfahren darf. Sie haben von den Illuminaten gehört?«

»Von der Verschwörungstheorie über die Geheimgesellschaft, die bei allem die Fäden zieht? Ja, davon hab ich gehört.«

»Sie sagen *Verschwörungstheorie,* als meinten Sie *Verschwörungshypothese*«, sagte Alex Jones.

»Ach, bitte.«

»Das Spiel Team Rot, Team Blau, Elefanten gegen Affen, das ist nur ein Spaß, um die Massen zu beschwichtigen. Tatsache ist, dass die Illuminatenpartei jeden US-Präsidenten seit nunmehr fast dreißig Jahren gestellt hat.«

»Sie können nicht von mir erwarten, dass ich Ihnen das abkaufe.«

»Verständlich, aber Sie sprechen mit einer Hyäne und Sie haben gerade einen Echsenmenschen getroffen. Ich wette, noch vor einer Minute hätten Sie nichts davon geglaubt.«

»Gutes Argument.«

Sie erreichten einen gläsernen Fahrstuhl und die drei traten ein: Michael Moore, Glenn Beck und die Hyäne, die anscheinend Alex Jones war.

»Dann sind diese Echsenmenschen also die Illuminaten? Meinen Sie das?«

»Nein, die Echsenmenschen sind Echsenmenschen. Die Illuminaten sind eine Geheimgesellschaft reicher und mächtiger Menschen-Menschen. Kriegen Sie Ihre Verschwörungstheorien mal auf die Reihe.«

»Oh, Entschuldigung.«

»Diese Wahl ist wichtig, weil die Illuminaten einen Fehler gemacht haben. Sie haben die letzten vier US-Präsidenten zu einem einzigen Zweck genetisch modifiziert: um mehr Macht für die Reichen zu generieren und weniger für den Rest. Sie bilden die Regierung und erhöhen ihre eigenen Einnahmen, im ständigen Versuch, den Massen Rechte und Privatsphäre zu entziehen und gleichzeitig das gesamte Kapital an sie selbst und ihre Freunde fließen zu lassen.«

»Aber dieses Jahr wurde ihr Kandidat verpfuscht«, warf Glenn Beck dazwischen.

»Was meinen Sie mit verpfuscht?«, fragte Moore.

Die Fahrstuhltür öffnete sich und die drei traten heraus. Sie befanden sich jetzt im Erdgeschoss und gingen über einen Stahlboden durch einen weitläufigen Raum. Glenn Beck öffnete eine Tür, um sie in eine gläserne Zelle zu führen, in der ein alter, bärtiger Mann auf einem Hocker saß und den Boden anstarrte.

»Kennen Sie diesen Mann?«, fragte Alex Jones Michael Moore.

»Ich … ist das Randy Quaid?«, fragte Michael Moore. »Wir haben uns nie getroffen, aber … das ist Randy Quaid.«

»Versuchen Sie es mal mit Echsenmensch«, sagte Glenn Beck.

Randy Quaid sah sie an und lachte. Innerhalb weniger, kurzer Sekunden verwandelte er sich von dem bärtigen Menschen auf dem Hocker in eine zweieinhalb Meter große Echsenkreatur, die dort, wo sie saß, weiterlachte.

Michael Moore machte einen Satz rückwärts.

»Sie sind außerdem Gestaltwandler«, sagte Glenn Beck.

»Diese Typen sind überall an der Oberfläche«, sagte Alex Jones. »Speziell in Hollywood. Die Schauspielerei liegt ihnen im Blut. In jedem Wahljahr stellen sie einen eigenen Kandidaten und versuchen, ihn an die Macht zu bringen. Sie bekommen einen Teil der Bürgermeister- und Gouverneursposten ab, aber seit der Reagan-Regierung hielten sie das Zepter nicht mehr in den Händen. Dieses Jahr sind sie allerdings wildentschlossen. Erzähl's ihm, Randy.«

»Ich konnte es nicht«, sagte Echsen-Randy. »Als Echsenmensch muss man jeden Tag die Echsenagenda vorantreiben. Ich wollte einfach damit aufhören, einfach nur Schauspieler sein, aber sobald ich mich von ihnen abgewandt hatte, waren sie hinter mir her, das ganze Echsenvolk. Sie sind überall. Und sie töten ihre eigenen Leute, wenn es sein muss. Das haben sie mit Heath Ledger gemacht, mit David Carradine ...«

»Schon gut, schon gut«, sagte Alex Jones. »Schließen Sie die Tür.«

Die drei verließen den Raum und Beck schloss die Tür. Jones führte sie über den Metallboden, während er weitersprach. »Es gelang uns, jede Menge neue Informationen aus Quaid herauszubekommen, als er hier ankam. Die Echsenmenschen haben den Kandidaten der Illuminaten in die Finger bekommen und ihn sabotiert. Sie haben seinen Kopf mit ein paar Ideen angefüllt, die den Illuminaten missfielen. Gefährliches Zeug, das ihnen nicht unbedingt zugutekommt.«

Michael Moore nickte langsam, während er die Puzzleteile gedanklich zusammenfügte. »Sie wollen also sagen, dass Donald Trump eine genetisch erzeugte Schachfigur der Illuminaten ist, die von Echsenmenschen gefangen und verdorben wurde?«

Die Alex Jones Hyäne blieb stehen, drehte sich um und starrte Moore mit geneigtem Kopf an.

»Nein. Was? Natürlich nicht. Ich will sagen, Bernie Sanders ist ein verpfuschtes Illuminatenexperiment. Die Echsenmenschen haben den Kandidaten sabotiert, weil sie wussten, dass die Illuminaten die Jury bei *America's Next Top President* kontrollieren und kein Echsenkandidat je gewählt werden kann, solange ein Illuminatenkandidat im Rennen ist.«

»Oh«, sagte Moore. »Oh! Dann ist Donald Trump also ein Echsenmensch!«

»Nein. Nein, Hillary Clinton ist die Kandidatin der Echsenpartei. Ich versuche hier nur, die Situation zu erklären.«

Alex Jones drehte sich um und führte die Gruppe an einer langen Reihe von Stahltüren vorbei.

»Die Illuminaten werden merken, dass sie reingelegt wurden«, sagte Jones. »Sie werden vermuten, dass es die Echsenmenschen waren und wahrscheinlich werden sie Clinton nicht gewinnen lassen. Und das bringt uns zu unserem Freund hier.«

Sie erreichten eine unbeschriftete Tür, die Beck aufschloss und öffnete, um eine geräumige aber größtenteils leere

Werkstatt zu enthüllen. In ihrer Mitte, auf einer Bahre, lag die obere Hälfte eines Mannes, an der Taille zweigeteilt, die Arme entfernt. Zu seinen beiden Seiten befanden sich Männer in Laborkitteln und ein Moment des Entsetzens strich vorüber, bevor Moore realisierte, dass ein Großteil der Haut des Mannes entfernt worden war und darunter ein metallisches Exoskelett lag.

»Das ist Marco Rubio«, sagte Alex Jones. »Er gehört einer Rasse von Androiden an, die aus der Zukunft geschickt wurden, um die menschliche Rasse zu versklaven. Seit wir ihn geschnappt haben, hacken wir uns in sein Gehirn ein, um so viel über sie herauszufinden, wie wir können. Sie sind sehr gefährlich, aber sie kommen aus einer Zukunft, in der der Großteil der Welt durch einen Krieg zwischen Mensch und Maschine zerstört wurde, und als Ergebnis dessen sind ihre Geschichtskenntnisse nicht besonders gut. Sie sind eine Bedrohung, aber glücklicherweise selten dazu in der Lage, die Zustimmung der Menschen zu gewinnen. Nichtsdestotrotz kommen ein paar von ihnen durch. Dick Cheney. David Cameron, drüben in England. Der Einzige, von dem wir sicher wissen, dass er je die amerikanischen Präsidentenwahlen gewonnen hat, ist Richard Nixon.«

»Dann ist Trump also …«

»Nein. Ted Cruz.«

»Oh, um Himmels willen, was zur Hölle ist Trump denn dann?«

»Das ist es ja, Michael«, sagte Glenn Beck. »Wir sind uns noch nicht ganz sicher. Aber er hat gerade mit allen drei dieser Monster den Boden in der Arschlochrunde gewischt.«

Kapitel 9

Der Fernseher in Donald Trumps Garderobe stand auf stumm und alle paar Augenblicke warf Trump einen Blick auf die Bildunterschriften, während er an Froschschenkeln lutschte und Stoneheart zuhörte.

Schreiben Sie eine SMS mit ›Clinton‹ oder mit ›Sanders‹ an 1-800-REGIERUNG, um Ihre Stimme für den nächsten Machthaber über das Zepter abzugeben, verlangte die Unterschrift auf dem Bildschirm, während die Bills einander und die Kameras anbrüllten.

»Cruz ist klug«, sagte Stoneheart. »Er weiß, wie man das Spiel spielt und er spielt es schon seit langer Zeit. Es ist kein Vergleich zum Moderieren einer Fernsehsendung. Das hier benötigt Talent.«

»Ich bin klug. Ich bin der Klügste. Die Leute fragen mich die ganzen Zeit: *Könnten Sie die republikanische Nominierung gewinnen?* Und ich sage ihnen – Wissen Sie, was ich ihnen sage?«

»Übertrumpfen Sie mich nicht, Trump. Ich versuche, Ihnen beim Übertrumpfen zu helfen.«

»Richtig. Reden Sie weiter.«

»Cruz hat es praktisch erfunden, sich eine beliebige Gruppe herauszupicken und der die Schuld in die Schuhe zu schieben. Er hat schon vor den Azteken auf Mexiko geschissen. Er singt dieselben Noten wie Sie und er kann die Melodie halten, also müssen Sie ihn hart erwischen.«

»Womit erwische ich ihn?«

»Womit er Sie erwischen wird, ist Ihre Vergangenheit. Sie haben sich um jede Menge verschiedene Themen bewegt, seit, äh … seit Sie Ihre Frisur geändert haben. Und das wird er verwenden, um Sie unzuverlässig erscheinen zu lassen. Wenn wir jetzt im Finale wären, dann könnten Sie das benutzen, um Demokraten auf Ihre Seite zu ziehen, indem Sie ihn als stur und unflexibel darstellen und sagen, dass Sie die Fähigkeit gezeigt haben, Ihre Denkweise mit der Bekanntgabe neuer Informationen weiterzuentwickeln, aber im Augenblick haben wir es nur mit den Republikanern zu tun, und die glauben nicht an Entwicklung. Stattdessen nehmen Sie sich die Kanada-Sache vor.«

»Die Kanada-Sache …«

»Er ist nicht hier geboren worden. Woher sollen wir wissen, ob er einer von uns ist? Diese Kanadier sind gerissen. Wissen Sie, dass die Essig anstelle von Ketchup auf ihre Fritten geben? Wird das bei uns auch passieren, wenn er gewählt wird? Hockey als Nationalsport?«

»Biber auf der Flagge?«, fügte Trump hinzu. »Winter mit vierzig Grad unter Null? In Celsius!«

»Sehr gut. Heben Sie sich das für die Bühne auf.« Stoneheart warf einen Blick auf den Bildschirm und schnappte sich dann die Fernbedienung, um die Lautstärke aufzudrehen.

»... wurden abgegeben und der Zeitpunkt ist gekommen, um den Gewinner des blauen Halbfinales bekannt zu geben. Unter Missachtung der überwältigenden Anzahl an Textnachrichten, die aus Bildern von Penissen bestanden oder in denen für ›keinen von denen‹ gestimmt wurde, ist der Gewinner, vom amerikanischen Volk gewählt, mit einem Verhältnis von achtundfünfzig zu zweiundvierzig Prozent, Bernie Sanders.«

»Was?«, sagte Trump. »Sie haben mir erzählt, der könnte nicht gewinnen.«

»Warten Sie ab«, sagte Stoneheart.

»Ein ziemlich deutlicher Erfolg beim amerikanischen Volk«, sagte Blauer Bill. »Gehen wir zu unserer Jury.«

Die Jurymitglieder flüsterten kurz miteinander, bevor eines von ihnen die Moderatoren ansah.

»Nee, wir entscheiden uns für scheiß drauf«, sagte der Juror. »Hillary Clinton gewinnt.«

»Sie haben es gehört«, sagte Blauer Bill in die Kamera. »Hillary Clinton ist offiziell für das blaue Team nominiert.«

»Moment mal«, sagte Trump zu Stoneheart. »Das können die machen? Warum dann überhaupt wählen?«

»Ach, die Menschen lieben es, abzustimmen. Manchmal lässt die Jury es sogar so stehen, wenn sie sich richtig entscheiden.«

»Wir machen eine kurze Werbepause und gleich gibt es mehr von *America's Next Top President*, wenn wir zum Halbfinale von Team Rot übergehen«, sagte Roter Bill.

»*America's Next Top President* wird Ihnen präsentiert von den Pharmariesen und dem militärisch-industriellen Komplex«, sagte ein Fernsehsprecher.

Trump stellte den Fernseher stumm. »Was, wenn die das mit mir machen? Ich kann da raus gehen und Cruz in den Augen des amerikanischen Volks schlagen, aber was, wenn mir die Jury im Weg steht?«

»Sie gehen da raus und gewinnen das Publikum im Fernsehland für sich«, sagte Stoneheart. »Die Jury überlassen Sie mir.«

***

»Zu unserem schlammschleudernden Rap Battle zum Halbfinale, um zu entscheiden, wer in der roten Ecke für unsere Finalrunde um die Präsidentschaft der Vereinigten Staaten stehen wird, heißen Sie bitte herzlich auf der Bühne willkommen: Donald Trump und Ted Cruz!«

Die Lichter drehten sich über die Bühne und bemalten sie mit roten Punkten, die für die tobende Menge tanzten. Kampfmusik donnerte aus den Lautsprechern und erschütterte die Sitze, als die Menschen aufstanden, klatschend, schreiend, fluchend.

Trump trat von der linken Bühnenseite und Cruz von der rechten Bühnenseite auf. Sie verbeugten sich für das Publikum. Sie hoben die Fäuste und zeigten ein Schattenboxen. Trump machte obszöne Gesten in Cruz' Richtung.

Cruz streckte Trump die Hand entgegen, um der Menge seinen guten Willen zu demonstrieren. Trump nahm die Hand und schüttelte sie, wobei er ihn nah an sich heranzog.

»Ich bin der Verschlinger von Welten«, flüsterte Trump in Cruz' Ohr. »Auch deine Seele wird leiden.«

Cruz bebte und Trump zog sich zurück, strahlend lächelnd und der Menge zuwinkend. Er ging zum Podium und nahm seinen Platz ein. Während er das tat, hielt er seinen Todesblick fest auf Cruz gerichtet. Ein paar Sekunden später schaffte es Cruz, die fahle Angst in seinem Gesicht herunterzuschlucken und zu seinem eigenen Podium zu gehen.

»Gentlemen, Sie beide kennen die Regeln«, sagte Roter Bill. »Dieser Freestyle Rap Battle dauert sechzig Sekunden. Keine körperliche Gewalt, keine realistischen Versprechen, keine Worte mit Tiefgang – nur guter, altmodischer Rufmord. Senator Cruz, Sie haben den Schwanzvergleich hinter der Bühne gewonnen, also werden Sie anfangen.«

»Okay … In Ordnung …« Ted Cruz legte sich die Hände an die Schläfen und schloss die Augen. Er konzentrierte sich, während ein cooler Beat aus den Lautsprechern plärrte. Die Subwoofer erschütterten das Fundament des Gebäudes.

Ted Cruz begann:

So weit ist es gekommen, wir haben ein echtes Trauma.
Hab nicht geglaubt, es geht schlechter als acht Jahre Obama.
Aber ich nehm's zurück, es geht schlimmer, als der war.
Wir kriegen doch null Respekt: Einer wie du ist nicht wählbar.

Du bist ein Fernsehnepp, wahrscheinlich der Sohn von 'nem Depp,
Mit 'nem Ego wie aus 'nem scheiß Dagobert Duck Comic.
Und ein Massivgoldklo, ja, das passt dann ja wohl:
Was Bessres kann man nicht haben als Scheißarschlochproll.

Du hast das hässlichste Toupet in der ganzen Galaxie,
Und trotzdem ist es zu hübsch für deine Personality.
Du bist genau wie all die Produkte mit deinem Gesicht darauf:
Ein Paket aus Scheiße, und dann kommt nur Dünnpfiff raus.

Du legst die Messlatte ganz niedrig und tanzt den Limbo drunter her.
Nach einer Woche mit dir gibt's doch kein Amerika mehr.
Aber ich hab ein paar Wähler getroffen, Trump, lass es sein:
Das sind keine Promis, die schleimen sich nicht bei Trotteln ein!

Ted Cruz posierte mit verschränkten Armen und aufgeplusterter Brust, einer johlenden Masse aus fäusteschwingenden Vollidioten zugewandt. Der Beat aus den Lautsprechern kam zum Ende, während er im Rhythmus mit dem Kopf nickte, einen einstudierten Blick großspuriger Geringschätzung in den Augen.

Trump lächelte halb und schüttelte den Kopf. Er warf Senator Cruz einen Blick zu, der sagte: Hoffentlich hast du deine fünf Minuten Ruhm genossen.

»Wow!«, sagte Roter Bill. »Deutliche Worte von einem harten Republikaner. Es wird schwer, da mitzuhalten.«

»Mr. Trump«, sagte Blauer Bill. »Damit sind Sie an der Reihe, ein paar Reime hinzulegen.«

***

Die dunklen Wolken über dem Friedhof zogen sich so rasch zusammen und erzeugten ein solches Pisswetter, dass es den Eindruck erweckte, als wären sie von fremden Mächten dazu gezwungen worden. Trauergäste drängten sich zusammen und eilten zu ihren Autos, mit Schirmen kämpfend, die sich im starken Wind umstülpten.

Roger Stoneheart blieb trocken. Wo er ging, fiel kein Regen herab.

Mit dem Blut eines Lammes beschrieb er einen Kreis auf dem Gras und malte das Zeichen des Pentagramms mit der mühelosen Präzision des Schachspiels eines Großmeisters.

Die Kerzen an den fünf Spitzen des Sterns aufgestellt schnippte er mit den Fingern und vergrößerte eine Flamme, um die Dochte zu entzünden. Während der Sturm stärker wurde, ging er um das Pentagramm herum. Jedes Mal, wenn eine Kerze entzündet würde, blitzte es und Donnerstöße folgten, die mit jeder weiteren Kerzenflamme lauter wurden und näher rückten. Erst als das Pentagramm vollkommen war und sich das Unwetter direkt über ihm befand, nahm er seinen Platz in der Mitte des Sterns ein. Die Arme zu beiden Seiten ausgestreckt hob er sein Kinn dem Sturm entgegen und lächelte über den leeren Friedhof hinweg. Dann neigte er den Kopf und schloss seine Lider, während er die Dunkelheit willkommen hieß, die ihn umarmte.

»Erhebt euch«, flüsterte er zum Boden.

Er hielt seine Augen geschlossen, als ein blendender Lichtblitz über seinem Kopf explodierte. Urgewaltiger Donner ließ die Erde unter seinen Füßen erzittern, während die Wolken näher rückten und der Regen auf ihn fiel, die Kerzen löschte und das Lammblut zu seinen Füßen fortspülte.

Als der Donner verklungen war, bebte die Erde noch immer. Sie rumpelte und brach auf, bis verweste Hände sich durch das Gras drückten und stöhnende Körper hinter sich her aus dem Boden zogen. Manche krochen über die Erde auf Stoneheart zu und andere humpelten, manche waren unversehrt und andere zerstückelt, aber sie alle versammelten sich für ihren Meister in einem perfekten Kreis, dort, wo das Blut des Pentagramms in die Erde sickerte. Sie beobachteten ihn und warteten auf Anweisungen.

»Schnappt euch Handys«, sagte Stoneheart. »Geht zu den Häusern der Jurymitglieder. Schickt ihnen Bilder, Bilder ihrer Familien. Sagt ihnen, dass der nächste Präsident der Vereinigten Staaten Donald Trump sein wird.«

***

Der Beat aus den Lautsprechern ließ das Publikum die Fäuste schwingen und die Scheinwerfer konzentrierten sich auf Donald Trump. Der alles entscheidende Moment war gekommen. Jetzt oder nie. Wenn Stoneheart da draußen war und wie versprochen die Entscheidung der Jurymitglieder sicherte, dann musste Trump nur noch das amerikanische Volk davon überzeugen, dass Cruz Kanadier war, eine furchbare Wahl für einen Präsidenten, und ein unterlegener Rapper.

Er ging zur Bühnenmitte, hüpfte auf und ab und winkte rhythmisch mit einer Hand vor seinem Gesicht.

»Uh. Uh. Yeah! Yeah!«, sang er. Dann begann er zu rappen.

Geh doch ins Iglu zurück, aus dem du gewatschelt bist.
Das Recht, neben The Donald zu stehen, das gebührt dir nicht.
Das amerikanische Volk will amerikanische Führer,
Keine ahornklebrigen Schlappschwänze aus dem Land der Bieber.

Du kannst kein Präsident sein, höchstens ›PM‹, alles klar?
Was ›Pussy Motherfucker‹ heißt, hier in den U, S und A.
Klar brauchen wir niedrigere Steuern, aber mach dich nicht lächerlich:
Batzen von schwulem Regenbogengeld tun's für uns nich'.

Du bist keiner von uns, Ted. Du bist ein Schmarotzer auf Poutine.
Die Regierung ist ein Geschäft und das braucht fetten Gewinn.
Ich hab Resorts und Kasinos gebaut, verkauf Steaks wie von Morton's.
Du kannst Amerika nicht leiten; du scheiterst ja schon an Tim Horton's.

Ich geh raus und steh meinen Mann, während ihr alle heult wie die Babys,
Ich bin so schrecklich pro-life, ich eliminiere Doktoren und Ladys.
Du bist ne Muschi, Ted Cruz, und Muschis ess ich zum Nachtisch.
Amerikaner sind Adler. Wir haben keinen Platz für dich.

Trump hob einen Mittelfinger in die Höhe und senkte den Kopf. Die Scheinwerfer konzentrierten sich auf ihn und die Lautsprecher verstummten.

»Uff«, sagte Roter Bill, als der Applaus verstummte. »Schlagkräftiges Zeug.«

»Jap. Junge, Junge, das könnte Ted Cruz echt schaden. Amerikaner reagieren nicht gut auf Menschen, deren Mütter innerhalb anderer, willkürlich gezogener geografischer Grenzen in die Wehen kommen.«

»Ganz zu schweigen von den Anspielungen auf die weibliche Anatomie«, sagte Roter Bill. »Bei konservativen Wählern ist es fast unmöglich, sich von der Anschuldigung, eine Muschi zu sein, zu erholen.«

»Ich denke, es ist an der Zeit, das den Wählern zu überlassen. Lass uns sehen, was die Welt zu sagen hat!«, sagte Blauer Bill. »Äh, und mit *die Welt* meine ich natürlich ausschließlich die Menschen innerhalb unserer eignen, willkürlich gezogenen geografischen Grenzen.«

Kapitel 10

»Ich wusste es«, sagte Phil am Telefon. »Wir waren da was auf der Spur. Alex Jones, X-Pensive, Michael … die treiben irgendein Spiel mit dem Land, hypnotisieren die Wähler und die Juroren. Das ist Gedankenkontrolle oder so was.«

»Ach, hör doch auf«, sagte David, dessen Füße oben auf einem Ende der Couch lagen und dessen Kopf auf der anderen Armlehne ruhte. Das Handy, auf Lautsprecher gestellt, lag auf seiner Brust. »Er ist korrupt bis ins Mark. So viel geb ich zu. Vielleicht hat er sogar was damit zu tun, dass all diese Leute verschwunden sind. Aber Gedankenkontrolle? Mach mal halblang.«

»Ein nationales Wahlergebnis von fünfundsiebzig Prozent als Sieger des Rap Battles? Eine einstimmige Entscheidung der Jury? *Einstimmig?* Wie zum Teufel passiert so was? Besonders mit einem Rap, der nachweislich schlechter war, als der seines Gegners.«

»Ich fand beide ziemlich cool.«

»David, denk mal drüber nach. Der Mann hat 'ne Leiche im Keller und er macht jeden kalt, der versucht, sie auszugraben. Und wenn ihn vor heute Abend niemand bloßstellt, dann könnte er sehr wohl der nächste Präsident dieses Landes werden. Irgendwer muss irgendwas unternehmen und du und ich sind vielleicht die Einzigen, die das überhaupt schnallen.«

David setzte sich auf und legte das Handy auf den Couchtisch, bevor er sich ein Glas Wein einschenkte und eine Zigarette anzündete. »Was schlägst du vor, Phil? Dass du dir deine Kamera schnappst und ich mir mein Aufnahmegerät, und dass wir ihn selbst interviewen? Ihn fragen, ob er Gedankenkontrolle einsetzt, um die Wahl zu gewinnen? Verdammt, wir müssen noch nicht mal ein Interview führen. Warum *denkst* du nicht einfach deine Fragen genau da, wo du grade sitzt?«

»Ach, scheiße, irgendwas müssen wir doch machen!«

»Es gibt nichts zu machen. *1001 Gründe, Amerika zu hassen* wurde abgesetzt und ohne Michael Moore kann nichts gegen Trump unternommen werden. Außerdem ist es nett, endlich meine Tage mit Menschen zu verbringen, die sich die Mühe machen, sich meinen Namen zu merken. Warte kurz, da kommt ein anderer Anruf rein.« David hob das Handy vom Couchtisch auf und wechselte in die andere Leitung. »Hallo?«

»Ton-Typ! Ich bin es, Michael Moore. Wir müssen was wegen Donald Trump unternehmen. Schnapp dir dein Aufnahmegerät und sag Kamera-Typ, er soll seine Kamera mitbringen. Trefft mich um 17:00 Uhr auf der Fifth Avenue, wo die Wahl stattfinden wird.«

***

»Okay, sie kommen. Was jetzt?«, fragte Michael Moore.

Glenn Beck scherte die Limousine hinter dem Fahrzeug vor ihnen aus und quetschte sich mit Mühe und Not durch die Lücke zwischen dem Auto und einem entgegenkommenden Laster.

»Wir stecken in der Klemme. Die Zeit läuft uns davon. Ich hätte keine ganze Woche dafür verplempern sollen, Sie mit verbundenen Augen bis zum Geheimversteck und zurück zu kutschieren.«

»Ja, scheint, als wäre das echt offensichtlich eine blöde Idee gewesen.«

Glenn Beck steuerte das Auto gerade lange genug in den Gegenverkehr, um einen Sportwagen zu passieren, der dreißig Stundenkilometer über der erlaubten Höchstgeschwindigkeit fuhr. Michael Moores Arme schossen nach vorn, um sich auf einen Zusammenstoß vorzubereiten, aber Beck war gerade rechtzeitig wieder in seiner eigenen Spur.

»Keine Sorge. Ich bin es gewohnt, so zu fahren. Das ist nichts Besonderes, wenn das Schicksal der politischen Welt auf deinen Schultern lastet.«

»Ich verstehe das nicht. Wie können wir das in Ordnung bringen? Das ist eine Wahl zwischen einem Illuminaten, einem Echsenmenschen, einem Robotersklaventreiber und was immer der vierte Kerl ist. Wie sollen wir die alle aufhalten?«

»Das werden wir nicht. Wir müssen nur Trump aufhalten. Zu diesem Zeitpunkt bedeutet das, wir müssen uns mit Hillary Clinton zusammentun.«

»Aber … Sie haben gesagt, sie ist ein Echsenmensch.«

»In dieser Scheindemokratie wird es immer Echsenmenschen und Geheimorganisationen und Roboterherrscher geben. Das Beste, was wir tun können, ist, den Machtkampf auszugleichen, um zu vermeiden, dass eine einzelne Gruppierung von Monstern zu viel Kontrolle bekommt.«

»Warum stecken Sie Ihre Energie nicht in den Versuch, einen anständigen Menschen ins Amt zu bringen?«

»Ein anständiger Mensch, der Präsident werden will? Von welchem Planeten kommen Sie, Michael? Wenn wir diese psychotische Echsenschlampe nicht ins Amt bekommen, dann haben wir es mit einem noch größeren Problem zu tun, und so sieht die Realität für unsere unterwürfige, masochistische Spezies aus. Es ist scheiße, aber so läuft der Hase eben.«

»Das war nicht mein Ziel. Ich wollte gute Menschen an die Macht bringen.«

»Gute Menschen wollen keine Macht. Sie wollen die Welt zu einem besseren Ort machen? Dann heilen Sie Krebs. Sie wollen versuchen, Amerikas Löcher zu schmieren, bevor die Machthaber ihre Schwänze reinstecken? Dann werden Sie politischer Berichterstatter.«

»Aber … aber wenn wir einen Echsenmenschen wählen …«

»Dann werden wir ein bisschen mehr Gleitgel kriegen, bevor sie uns fickt. Hoffen Sie einfach nur, dass Ihre Kameratypen früh da sind und wir etwas Belastendes in Trumps Garderobe finden, weil Amerika heute Abend um sieben Uhr einen neuen Präsidenten wählt, und wenn Sie und ich deswegen nichts unternehmen, dann wird das der Präsident mit der schlechtesten Frisur in der amerikanischen Geschichte sein.

***

»Wir haben Gesellschaft«, sagte Glenn Beck vom Rücksitz.

Sie standen vor dem Tor zum Studiogelände, auf dem *America's Next Top President* gefilmt wurde. Michael Moore saß jetzt auf dem Fahrersitz, damit sich Glenn Beck hinter den getönten Rückscheiben verstecken konnte. Auf der anderen Straßenseite stolperten Menschen aus Gassen und versammelten sich. Sie starrten auf ihre Handys, während sie auf das Auto zu schlurften.

»Sind das … Zombies?«, fragte Michael Moore.

»Sie sind uns auf den Fersen. Wir müssen rein.«

Das Tor öffnete sich und das Auto rollte aufs Gelände. Michael Moore fuhr zur Sicherheitskabine und ließ sein Fenster hinunter.

Der Tor-Typ trug ein Namensschild, auf dem *Roberto* stand, und Moore war sich ziemlich sicher, dass sie sich schon mal getroffen hatten. Er begrüßte den jungen Mann kurzangebunden und reichte ihm seine Zugangskarte. Roberto scannte sie ein und der Computer gab ein lautes, ablehnendes Summen von sich. Roberto versuchte es wieder.

»Sorry. Da steht, Ihre Zugangsberechtigung wurde Ihnen entzogen.«

Moore schluckte. Sein Blick schoss zu den Zombies im Rückspiegel. »Ich drehe eine Sendung hier im Studio. *1001 Gründe, Amerika zu hassen.* Scannen sie die Karte noch mal, bitte.«

Roberto scannte erneut.

»Summt immer noch. Zutritt verweigert. Sie werden Ihren Boss anrufen müssen. Ich dachte, ich hätte gehört, dass die Show abgesetzt wurde. Läuft sie noch?«

Michael Moore begann zu schwitzen. Er hatte seine Anrufe in all der Zeit, die er fortgewesen war, nicht überprüft. Natürlich war die Sendung abgesetzt worden, aber bis gerade eben hatte er nicht darüber nachgedacht. Hinter ihm waren die Zombies halb über der Straße und verringerten den Abstand.

»Ja. Sie läuft noch«, log er. »Und ich bin spät dran für ein Meeting da drin. Öffnen Sie das Tor. Ich muss da wirklich rein. Sie werden sonst Schwierigkeiten bekommen.«

»Ich kann niemanden ohne Erlaubnis reinlassen. Einen Moment bitte.« Roberto hob den Telefonhörer ab und drückte auf einen Knopf. Im nächsten Augenblick sprach er in den Hörer. »Anthony, ich hab noch ungefähr zehn Minuten. Ist jemand unterwegs?« Er wartete. »Okay, danke.«

»Was hat er gesagt?«, fragte Michael Moore.

»Was?«

»Was hat Ihr Boss gesagt?«

»Ich hab nicht wegen Ihnen gefragt. Ich hab nur nach einer Ablösung gefragt, weil ich einen Moment zum Salāt brauche. Aber er wird in fünf Minuten da sein und Sie können dann mit ihm verhandeln, wenn Sie einfach da an der Seite parken.«

»Mir bleiben keine fünf Minuten! Ich hab Ihnen meine Zugangskarte gezeigt. Sie haben mich schon mal gesehen. Ich arbeite in diesem Studio. Lassen Sie mich durch. Was glauben Sie denn, was ich tun werde?«

Roberto zuckte mit den Schultern. »Wo ist Glenn Beck?«

Hinter Michael Moore ließ Glenn Beck das Fenster herunter, um Roberto sein Gesicht zu zeigen.

»Genau hier«, sagte er mit einem Grinsen. »Hier ist meine Zugangskarte. Die sollte funktionieren.«

Roberto streckte die Hand aus und nahm die Karte entgegen, scannte sie ein und erhielt ein zustimmendes Piepen vom Computer.

»Salāt, hm?«, sagte Beck. »Und der Name Roberto? Sie sind ein hispanischer Moslem?«

»Es gibt viele mexikanische Muslime«, sagte Roberto ein wenig beleidigt.

Glenn Beck nahm seine Karte wieder an sich, während sich das Tor vor ihnen öffnete. »Ein kleiner Tipp. Finden Sie raus, für wen die Zombies da hinten abstimmen, und wenn es Donald Trump ist, dann machen Sie, dass Sie von hier wegkommen, solange Sie noch können.«

Michael Moore trat aufs Gas, gerade als der erste der Zombies das Wagenheck erreichte, und raste sicher aufs Gelände.

»Was machen Sie da? Wer hat Ihnen das Fahren beigebracht?«, rief Glenn Beck, der an seinem Gurt herumfummelte.

»Das sind Zombies, oder? Werden die nicht unsere Autotüren aufreißen und unsere Gehirne fressen?«

»Unsere Gehirne fressen? Kommen Sie schon, Mann. Ihr Filmtypen seid doch alle gleich.«

Michael Moore fuhr in eine Parklücke direkt vor dem Studio. Er schaltete den Motor ab und sie sprangen aus dem Auto. Sie sprinteten über den Parkplatz auf die Eingangstüren des Gebäudes zu.

»Was wollen die denn dann, wenn sie uns nicht auffressen wollen?«

»Das, was Zombies immer wollen, wenn sie während der Wahlzeit auftauchen: Ihrem Kandidaten zum Sieg verhelfen. Die Frage ist bloß, welche Partei einen Nekromanten angeheuert hat.«

Michael Moore erreichte die Studiotür vor Glenn Beck und blieb wie angewurzelt stehen, als er sie aufriss und sich einem Dutzend verwesender Zombies gegenübersah, die den Eingang des Gebäudes blockierten.

»Scheiße!«, rief Beck.

Die beiden drehten sich um und fanden sich umzingelt. Zwanzig weitere Zombies hatten sich scheinbar aus dem Nichts materialisiert.

»Sie haben uns kommen sehen«, sagte Beck. »Das könnte böse werden.«

Eine kalte Hand packte Michael Moores Handgelenk von hinten und er zerrte sie von sich, während eine zweite Hand seine Schulter packte und eine dritte seinen Ellbogen. Er schrie.

»Beruhigen Sie sich, Michael«, sagte Beck. »Das sind Zombies, keine Mitglieder der NRA.« Er wandte sich an die Zombies. »Wo gehen wir hin, Jungs?«

***

Michael Moore und Glenn Beck wurden von jeweils drei Zombies in Donald Trumps Garderobe gestoßen. Sobald sie sie losgelassen hatten, standen die Zombies an der Tür und starrten ihre Handys an.

Trump war nirgends zu sehen, aber ein weißhaariger Mann in Schwarz stand mit ihnen im Raum. Auf sein Handgelenk war ein Pentagramm tätowiert.

»Michael Moore und Glenn Beck«, sagte er. »Ich hatte so eine Ahnung, dass ich Sie beide treffen würde, bevor diese Wahl vorüber wäre. Wie geht es Alex Jones?«

»Er steckt im Körper einer Hyäne«, sagte Beck, »aber wenigstens ist er lebendiger als Ihre Marionetten hier.«

»So ein hasserfülltes Gerede«, sagte der alte Mann. »Und das von jemandem, der meinen Kandidaten für seine Engstirnigkeit verurteilt. Wirklich heuchlerisch.«

»Wer zum Teufel ist der Kerl?«, fragte Moore.

»Verzeihen Sie mir meine Unhöflichkeit. Roger Stoneheart, zu Ihren Diensten«, sagte Stoneheart und streckte Moore eine Hand entgegen.

»Lassen Sie mich raten, Sie haben den Juroren gedroht?«, sagte Beck. »Sie sind so vorhersehbar wie eh und je. Und auch noch für Donald Trump. Wo ist Sie Ihre Moral gelassen?«

»Abgeschüttelt«, witzelte Stoneheart. »Sie hat mich nicht weitergebracht.«

»Was ist Trump? Ein Poltergeist? Ein Dämon? Erzählen Sie mir nicht, dass er einer Ihrer Zombies ist.«

»Das wüssten Sie wohl gern«, sagte Stoneheart. »Sobald er im Amt ist, wird er anfangen, zu erobern. Das ganze Volk wird ihm unterjocht zu Füßen liegen, mit meiner Hilfe oder ohne sie. Ich bin nur ein Mann, der die Gelegenheit erkannt hat, ihm zu helfen und an seiner Seite zu stehen, sobald ihm die Welt gehört. Wenn Sie klüger wären, würden Sie dasselbe Spiel spielen. Es geht nicht darum, welches das kleinere von zwei Übeln ist. Es geht darum, welches Ihnen mehr nutzt. Ich begreife das. Sogar die Wähler scheinen das zu begreifen. Warum können Sie das nicht?«

»Newsflash, Stoneheart: Ihr Kandidat wird die Präsidentschaft nicht erhalten. Ich habe den bösen Geist aufgehalten, der von Al Gore Besitz ergriffen hatte, und ohne Frage kann ich auch das aufhalten, was in Trump gefahren ist.«

»Nicht, wenn Sie tot sind«, sagte Stoneheart mit einem Grinsen. Er drehte seinen Kopf den Untoten bei der Tür zu. »Zombies … Esst ihre Gehirne.«

»Ich hab's Ihnen doch verdammt noch mal gesagt!«, rief Michael Moore.

Die trockenen und verwesten Finger der Untoten schlangen sich um Moores Fleischmasse. Die Zombies zogen ihn an sich und ihr fauliger Atem erfüllte seine Nase.

»Jedem anderen würde ich Lebewohl sagen«, krächzte Glenn Beck Stoneheart entgegen, als ihm tote Finger die Kehle zuschnürten, »aber zu Ihnen sage ich … *Wohl … gelebt!*«

Mit einer schnellen Drehung des Handgelenks zog Glenn Beck eine kleine Phiole voll Wasser aus seiner Jacke, ließ den Stopfen herausschnellen und schüttete das Wasser über Stonehearts Brust. Ein ersticktes Keuchen kam über Lippen, während seine Hände an sein Hemd griffen und seine Augen vor Entsetzen aus ihren Höhlen traten.

»Nein …«, wisperte er. »Nein!«

Trotz seiner Todesangst war Moore wie gelähmt vom Anblick von Stonehearts Haut, die austrocknete und fahl wurde und von seinem Gesicht herabrutschte. Sein Griff am Hemd wurde schwächer, bis seine Arme schlaff herunterhingen und seine Beine nachgaben. Er fiel auf Hände und Knie.

»Zombies …«, schaffte er zu flüstern. »Wählt … Trump.«

Die Zombies gaben Moore und Beck frei, als Stoneheart auf dem Boden zusammenbrach. Seine Haut vertrocknete vor ihren Augen. Innerhalb von Sekunden lag nur noch ein Skelett in einem Tausend-Dollar-Anzug vor ihren Füßen. Dann löste sich dieses Skelett in feinen, weißen Staub auf.

Die Zombies starrten auf ihre Handys, schrieben SMS und ignorierten Moore und Beck.

»Verdammte Scheiße, was war das?«, fragte Moore. »Haben Sie ihn grad mit Weihwasser begossen?«

»Weihwasser? Nein, das war Sozialistenwasser«, sagte Beck, der schon dabei war, Kommodenschubladen und Schränke zu durchwühlen. Das Nahtoderlebnis schien nur noch eine Erinnerung für ihn zu sein. »Los doch, suchen Sie nach etwas Belastendem.«

»Sozialistenwasser? Was ist Sozialistenwasser?«

»Das ist Wasser, in dem ein Geschäftsführer ertrunken ist.« Beck kniete sich neben den Mülleimer und ließ den Kopf hängen. »Oh nein. Oh Gott …«

»Was ist?«

»Ich wusste es. Ich wollte es nicht wahrhaben, aber tief in meinem Herzen hab ich es die ganze Zeit gewusst.«

»Was denn?«

»Froschschenkel. Dieser ganze Mülleimer ist voller Froschschenkel.«

Beck holte sein Handy heraus und wählte, hob es sich ans Ohr und begann, auf und ab zu gehen.

»Und weiter?«, fragte Moore.

»Alex«, sagte Beck ins Handy. »Es ist ein Haargetüm. Ich bin jetzt sicher.«

Nach einigen zustimmenden Grunzlauten und etwas Kopfschütteln legte Beck auf und trat mit aller Kraft gegen eine nahestehende Kommode.

»Was ist ein Haargetüm?«, fragte Moore. »Ich nehme an, das heißt nichts Gutes?«

»Wir wissen nicht viel«, sagte Beck. »Sie sehen aus wie Menschenhaar – echt hässliches Menschenhaar – und sie heften sich an eine Person, um ihr Gehirn zu beeinflussen. Sie ernähren sich von Aufmerksamkeit, Ego, negativen Schwingungen. Sie manipulieren Menschen und bringen ihre schlechtesten Seiten zum Vorschein, damit die Welt ihnen Aufmerksamkeit schenkt.«

»War jemals einer von denen Präsident?«

»Nicht in Amerika. So viel wir wissen, hat nur einer von denen jemals eine Wahl gewonnen, und das Ding war kleiner als das, welches Trump kontrolliert. *Viel* kleiner. Schnurrbartgroß. Nicht mal ganz schnurrbartgroß – gerade mal so groß wie ein halber Schnurrbart.«

»Sie wollen doch nicht sagen …«

»Und ob ich das gottverdammt noch mal sagen will.«

Kapitel 11

»Da sind wir wieder, beim Finale von *America's Next Top President*«, sagte Blauer Bill. »Nach einer ungewöhnlichen Entscheidung haben die gesamten Jurymitglieder den vorzeitigen Beginn der Wahl ausgerufen, Stunden vor der geplanten Startzeit, damit wir uns beeilen und es hinter uns bringen.«

»Was soll das?«, sagte Phil zu David. Die beiden standen hinten in der Menschenmenge, die sich für die Open-Air-Liveübertragung auf der Fifth Avenue versammelt hatte. »Es ist noch nicht mal fünf Uhr. Warum fangen die schon an?«

»Vielleicht stimmt *wirklich* was nicht«, sagte David. »Vielleicht hat er doch mehr Macht über die Menschen, als uns klar ist. Er weiß, dass Michael ihm auf der Spur ist und versucht, die Wahl für sich zu entscheiden, bevor er aufgehalten werden kann.«

»Wenn das der Fall ist, dann sollte Michael besser mal seinen Arsch bewegen«, sagte Phil.

»Und nach einer zweiten wunderlichen Entscheidung«, sagte Roter Bill, »wurden wir gebeten, auf die übliche, einstündige Debatte zu verzichten und stattdessen eine einzige

Runde *Fuck, Marry, Kill* zu spielen. Stellen wir also die Kandidaten vor.«

»Die kennen uns doch schon«, sagte Trump, der die Bühne betrat und mit seiner Hand einen Kreis beschrieb, um den Moderatoren zu bedeuten, voranzumachen. »Ich und Clinton. Komm schon, Hillary, schaff dich hier raus. Legen wir los.«

»Oh. Äh … Okay«, sagte Blauer Bill. »Dann fangen wir direkt mit dem Wettbewerb an. Die Spielregeln sind simpel.«

»Wir kennen die Regeln!«, rief Trump in sein Mikrofon. »Jeder hat schon mal *Fuck, Marry, Kill* gespielt. Ihr gebt uns drei Namen, wir wählen einen zum Ficken, einen zum Heiraten und einen zum Umbringen aus. Einfach. Her mit den Namen.«

»Hören Sie, Donald«, sagte Blauer Bill. »Sie leiten diese Zeremonie nicht. Wir müssen uns an ein Skript halten und …«

Am Jurytisch wedelten die Juroren mit ihren Händen vor ihren Hälsen, um Blauer Bill zu bedeuten, die Klappe zu halten. Einen Moment lang stand er wie erstarrt da, dann räusperte er sich und wandte sich wieder dem Mikrofon zu.

»In Ordnung …«, sagte er. »Ms. Clinton, Sie haben den Schwanzvergleich hinter der Bühne gewonnen und dürfen daher anfangen. Haben Sie die Regeln verstanden?«

»Ja, Bill«, sagte Clinton. »Ich habe *Fuck, Marry, Kill* quasi erfunden.«

»Ihre Namen sind …« Blauer Bill öffnete einen kleinen, goldenen Umschlag mit Clintons Namen darauf, der ihm einige Augenblicke zuvor gereicht worden war. Er zog ein dickes Blatt Papier heraus und faltete es auseinander, bevor er die Namen laut ins Mikrofon verlas. »Kim Jong-un … David Cameron … Vladimir Putin.«

Das Publikum zuckte zusammen und stöhnte laut auf, während Hillary Clinton tief ausatmete, das Gesicht verzog und den Kopf leicht und nachdenklich über das Mikrofon beugte.

Blauer Bill lachte. »Das ist schwer. Das ist wirklich schwer.«

»Okay«, sagte Hillary Clinton mit einem Nicken und das Publikum verstummte, um ihre Antwort hören zu können. »In Ordnung, ich denke … Ich denke, ich würde …« Auf der Fifth Avenue war es ganz still, während tausende Zuschauer sie wartend anstarrten, die Fäuste geballt, den Atem angehalten. »Ich denke, ich würde … Kim Jong-un töten … Vladimir Putin heiraten, um unsere Beziehungen mit Russland zu verbessern … und ich schätze, ich müsste mich für das Gemeinwohl opfern und David Cameron ficken.«

»Oh!«, riefen die Bills, als die Menge vor Lachen und Abscheu toste. Hillary Clinton zuckte mit den Schultern und wedelte mit einer Hand vor ihrem Körper; ein Versuch, sich mit schlechter Körpersprache zu verteidigen und anzudeuten, dass es keine guten Antworten auf diese Frage gab.

»Das ist furchtbar«, sagte Roter Bill. »Das ist wirklich furchtbar.«

»Ekelhaft«, sagte Donald Trump. »Ich würde ja die Frage stellen, was man sein muss, um David Cameron zu ficken, aber ich denke, wir alle kennen die Antwort darauf: ein Schwein.«

Das Publikum tobte vor Lachen und Applaus. Clinton versuchte mit anhaltendem Winken, die Menschen zum Schweigen zu bringen, um sich zu erklären.

»Das ist wirklich schlimm«, sagte Phil zu David am hinteren Ende der Menge. »Er hat sie alle unter seiner Fuchtel.«

»Ja«, sagte David. »Es scheint grad so, als ob er nur das Furchtbarste aussprechen muss, das ihm einfällt, und aus irgendeinem Grund lieben ihn alle. Wie kämpft man gegen so etwas an?«

»Sie sind an der Reihe, Mr. Trump«, sagte Blauer Bill und öffnete einen weiteren goldenen Umschlag. »Drei für Sie ausgewählte Namen. *Fuck, Marry, Kill.* Die Namen sind ...« Er zog das Papier aus dem Umschlag und faltete es auseinander. »Enrique Peña Nieto ... Justin Trudeau ... Rosie O'Donnell.«

Trump lachte innerlich, während Clinton sich ihm mit einem selbstgefälligen Ausdruck zuwandte. Viele in der Menge pfiffen oder stöhnten und bald richtete sich ihre Aufmerksamkeit auf Donald Trump, der einen Schritt vortrat und selbstbewusst das Mikrofon an seine Lippen hob.

»Ich würde sie alle drei töten und *euch ficken*!«

Jeder schien vor Zustimmung zu schreien. Sogar die Jurymitglieder nickten mit den Köpfen und klatschten in die Hände.

»Hey, Moment mal! So wird das Spiel nicht gespielt!«, sagte Clinton.

»Ein Anführer zu sein heißt nicht, nach den Regeln zu spielen, sondern seine eigenen zu machen«, sagte Trump und erntete noch lauteren Beifall.

»Moment, nein«, sagte Clinton. »Mir war nicht klar, dass wir ... Ich will meine Antwort ändern. Ich würde Putin heiraten, ihn ein Mal ficken und ihn dann töten.«

»Und wieder einmal ändert Hillary Clinton ihre Meinung«, sagte Trump ins Mikrofon. Der Applaus wurde immer lauter. »Typisch Frau.«

Mit einem Mal fuhr ein Überschallknall der Energie durch das Publikum – Applaus, Gelächter, Beschimpfungen, Wut. Blauer Bill verließ still sein Podium, wich von der Bühne und verschwand mit einem entsetzten Gesichtsausdruck aus der Show.

»In Ordnung, Amerika«, sagte Roter Bill. »Ihr habt zehn Minuten. Schickt eure Stimmen jetzt per SMS.«

»Das ist übel«, sagte Phil zu David. »Der Kerl ist außer Kontrolle. Wo zum Teufel steckt Michael Moore?«

»Es macht mir Angst, das laut auszusprechen«, sagte David, »aber ich glaube, dieses Land könnte so tief in der Klemme stecken, dass uns nicht mal Michael Moore retten kann.«

***

Ein Körper stürzte über die Motorhaube der Limousine, krachte in die Windschutzscheibe und fiel hinter dem Fahrzeug zu Boden, während es weiterfuhr. Glenn Beck schrie. »Verdammt, was machen Sie denn? Passen Sie doch auf!«

»Schon okay. Es war ein Zombie«, sagte Michael Moore.

»Ihre Zombievorurteile gehen wirklich zu weit. Das sind Lebewesen, Michael. Die haben Gefühle. Wer hat Ihnen wehgetan, Mann?«

»Wie jetzt? Die …«

»Das Leben ist kein Romero-Film, Michael. Das sage ich Ihnen schon die ganze Zeit!«

Moore ließ die Reifen um eine Kurve schlittern und schoss über eine Kreuzung, während Beck sich am *Ach-du-Scheiße*-Griff über dem Beifahrerfenster festhielt.

»Ich sag Ihnen, wir können das jetzt nicht ändern. Wir sind zu spät«, sagte Beck. »Die Wahl gehört ihm. Wir können ihn nur gewinnen lassen, alle Informationen sammeln und einen Weg finden, sie der Öffentlichkeit zukommen zu lassen, um ihn des Amtes zu entheben.«

»Wenn ich es schaffe, dass die Menschen Dick Clark hassen, weil er ein Restaurant besitzt, das eine Frau eingestellt hatte, deren Sohn mit einer Waffe in die Schule ging, dann kann ich Amerika todsicher dazu bringen, eine haarige Kreatur nach einer fünfminütigen Übertragung zu hassen«, sagte Michael Moore.

»Sie wissen nicht, womit Sie es zu tun haben. Ich weiß nicht, womit wir es zu tun haben. Halten Sie an und dann denken wir uns einen besseren Plan aus.«

»Ich werd anhalten. Ich werd genau hier anhalten. Genau neben der Fifth Avenue. Und dann werd ich losrennen und Kamera-Typ suchen.«

Moore riss das Lenkrad herum und trat auf die Bremse. Das Auto glitt auf den Bürgersteig und zerquetschte beinahe eine Zombiefamilie, die auf ihre Handys starrend dastand und ihre Stimmen für *America's Next Top President* simste.

»Jetzt warten Sie doch«, sagte Beck, aber Moore hatte den Schalthebel schon auf Parken gestellt und kletterte durch die Fahrertür. Bevor Beck begriff, was passierte, raste er durch die Menschenmenge auf der Fifth Avenue und jagte Michael Moore hinterher, der nach Kamera-Typ und Ton-Typ rief.

Beck bedeckte sein Gesicht, während er rannte. Hier und da sah er, wie sich Köpfe umdrehten, wenn Menschen einander auf ihn aufmerksam machten. »Da ist Glenn Beck.« Er hatte keine Zeit, sich irgendwelche Gedanken zu machen. Er schob Frauen und Kinder aus dem Weg und jagte dem Dokumentarfilmer hinterher, der wie wild nach seinen früheren Angestellten rief. Beck musste ihn aufhalten, bevor er eine Szene machen und der gesamten Situation den Rest geben würde.

»Da seid ihr ja!«, sagte Moore, hielt an und schnappte vor zwei Männern mit Filmausrüstung in den Händen am Ende der Menschenmenge nach Luft. »Bin ich froh, euch zu sehen. Wir müssen eine Liveübertragung machen. Ist das Ding live? Richte es auf mich.«

»Wir haben keine Verbindungen zum Netzwerk mehr«, sagte Kamera-Typ, während Glenn Beck neben ihnen stehen blieb. »Wir haben keine Möglichkeit, live im Fernsehen zu übertragen und während der Wahl würde das sowieso niemand sehen, außer, wenn wir sie unterbrechen würden. Sie haben früher mit der Stimmabgabe begonnen. Ich weiß nicht, was …«

»Lassen Sie es einfach gut sein!«, sagte Beck.

»Sie haben mir erzählt, dass wir einem bösen, gestaltwandelnden Echsenmenschen zum Wahlsieg verhelfen müssen, um dieses Land zu retten!«, schrie Moore Beck an. »Und Sie haben sich wie ein Irrer angehört, bis Zombies versucht haben, mein Gehirn zu fressen, und Sie einen Zauberer mit

Sozialistenwasser zum Schmelzen gebracht haben. Und jetzt werde ich dafür sorgen, dass ein Echsenmensch gewählt wird und Sie können mir entweder helfen oder Sie können hier stehen bleiben und sich in die Hose machen.«

Einen Moment lang waren Glenn Beck und die Filmcrew still.

»Geht es Ihnen gut, Michael?«, fragte Ton-Typ.

»Heilige Scheiße, Sie sind Glenn Beck«, sagte Kamera-Typ.

»Michael, wenn Sie sich dazu entschieden haben, dem zu vertrauen, was ich früher über der Wahlsieg eines Echsenmenschen gesagt habe, dann vertrauen Sie mir jetzt, wenn ich Ihnen sage, dass es schon zu spät ist.«

Moore zögerte. Er sah zur Bühne hinauf, wo ein Timer die Sekunden herunter zählte, die Amerika zum Wählen verblieben. Sie waren unter einer Minute angekommen.

»Nein«, sagte Moore. »Es ist nicht zu spät, bevor er gewählt wurde. Kamera-Typ, hast du ein Handy? Richte es auf mich. Mach einen Livestream. Wir bringen's über Social Media. In letzter Zeit hab ich Promis das dauernd machen sehen. Wir werden alle zum Zuschauen bringen. Das ist unsere letzte Chance.«

»Ich … na schön …«

»Michael, hören Sie auf mich. Tun Sie das nicht.«

»Ich denke, vielleicht sollten wir auf Glenn Beck hören«, sagte Kamera-Typ als erster Mensch überhaupt.

»Wenn du Donald Trump davon abhalten willst, jetzt gewählt zu werden, dann richte diese Kamera auf mich und starte einen Livestream.«

Kamera-Typ sah zwischen Moore und Beck hin und her.

Er seufzte tief und griff in seine Tasche, zog sein Telefon heraus und öffnete eine App, während Beck enttäuscht den Kopf schüttelte.

»Wir sind live«, sagte Kamera-Typ, das Handy auf Moore gerichtet.

»Hallo, Amerika. Ich bin Michael Moore. Offensichtlich. Ich bin hier live auf der Fifth Avenue und ich will euch was über Donald Trump erzählen. Ich habe Glenn Beck gefunden und wir beide haben Grund zu der Annahme, dass Trump nicht der ist, der er zu sein behauptet. Also, wir haben es in seine Garderobe geschafft und herausgefunden, dass er noch nicht mal menschlich ist. Nicht wirklich. Wie viele Leute schauen zu, Kamera-Typ?«

»… sieben.«

»Gottverdammt!«

»Gut«, sagte Beck. »Lassen Sie es dabei bewenden.«

»Nein … nein. Trump ist ein Monster!«, rief Moore, so laut er konnte, und schaffte es, dass sich ein paar Köpfe in seine Richtung drehten. »Ich bin Michael Moore! Trump ist ein Monster! Er ist nicht menschlich! Er muss aufgehalten werden!«

»Fick dich, Sozialist!«, rief jemand.

»Es gibt bösartige Kreaturen, die wie Haare aussehen, und sie ergreifen von Menschen Besitz, um sie schreckliche Dinge tun zu lassen!«

»Hört euch mal den Schwachsinn an«, sagte eine Frau neben ihnen.

»Es klingt verrückt, aber es ist wahr. Hillary Clinton ist eine gestaltwandelnde Echse und sie hat es nur so weit geschafft, weil die Illuminaten Bernie Sanders versaut haben, aber wir müssen sie wählen, um das Haarmonster aufzuhalten!«

»Michael Moore ist verrückt geworden!«, begannen die Menschen zu rufen. »Seht euch das an, Michael Moore hat sie nicht mehr alle.«

»Ted Cruz ist ein Androidensklaventreiber, wie Nixon einer war, bevor er zu diesem Kater in Alaska wurde, aber sogar der wäre besser als Trump! Ihr werdet alle manipuliert! Menschenhaar ist nicht so hässlich! Wann war Menschenhaar jemals so hässlich?«

Der Großteil der nahestehenden Menge drehte sich jetzt um und sah Michael Moore statt der Bühne an. Auch wenn sie ihn nur auslachten, so hatte er doch ihre Aufmerksamkeit. Er richtete seinen Blick auf Donald Trump und sah den Zorn in dessen Orang-Utan-Augen.

»Michael Moore gefällt es nicht, wenn Meinungen ausgesprochen werden, die seinen widersprechen«, sagte Donald Trump ins Mikrofon. »Er stört den Vorgang. Kerle wie der sollten auf einer Krankenbahre von hier weggebracht werden.«

Wie trainierte Trottel umschloss die Menge aus Menschen und Zombies Michael Moore und rückte näher. Eine Faust erwischte ihn an der Gurgel, während er brüllte, brachte seine Nachricht zum Verstummen und ließ ihn nach Luft schnappen. Hände griffen nach ihm und schlugen ihn, Füße traten ihn. Alles war ein Gewirr aus Farben, von rotem Schmerz durchbrochen. Sofort war er benommen, auf Hände und Knie gefallen, nur noch halb bei Bewusstsein. Er schloss die Augen und ergab sich der Vorstellung, dass er sterben würde.

Ein lautes Zischen übertönte das umgebende Geschrei und am Rand von Moores Gesichtsfeld leuchtete ein weißes Licht auf. Er sah es nicht an, denn er fürchtete, dass es das Licht war, doch dann hörte er Glenn Becks Stimme flüstern: »Verdammte Scheiße ...« Er drehte den Kopf.

Glenn Beck stand da und hielt eine Signalfackel in die Höhe. Die Menge starrte ihn mit offenen Mündern an.

»Ihr wolltet wissen: *Wo ist Glenn Beck?*«, sagte er. »Tja, hier bin ich. Hört ihr mir mal kurz zu?«

***

Die Kreatur unsagbaren Schreckens wand sich auf Donald Trumps Kopf. Zum ersten Mal, seit er die Bühne von *America's Next Top President* betreten hatte, schenkte Amerika jemand anderem als Donald Trump Aufmerksamkeit. Selbst als Barack Obama auf einem weißen Hengst auf die Bühne ritt, das Zepter der ultimativen Zerstörung über sich in die Höhe gehoben und bereit, es demjenigen Kandidaten zu übergeben, der die Realityshow gewinnen würde, sah der Großteil des Publikums in die andere Richtung, vom Anblick dieses Glenn Beck hypnotisiert.

»Dann ist es eben Glenn Beck!«, rief Trump ins Mikrofon. Er blickte finster drein und zuckte mit den Schultern. »Wen interessiert das schon?«

Noch mehr Augen weiteten sich, die Augen derjenigen, die nichts von Glenn Becks Anwesenheit gewusst hatten. Köpfe drehten sich um, begierig, den mysteriösen Mann sehen zu können. »Wo ist Glenn Beck?«, fragten die Menschen. Und andere konnten schließlich antworten: »Dort.«

»Ich bin schon seit langer Zeit Mitglied einer Organisation, die die Machthaber auf diesem Planeten überwacht«, sagte Glenn Beck. »Wenn Sie es das erste Mal hören, klingt es verrückt, aber je länger Sie darüber nachdenken, desto mehr werden Sie feststellen, dass es Sinn ergibt. Die große Mehrheit aller Politiker besteht aus Klonen, Marionetten, Außerirdischen, Dämonen, Gestaltwandlern. Sie sind wie Filmmonster. Komplexer, normalerweise, aber sie sind wie Monster.

Die Sache ist die ... Können Sie all die Zombies unter uns sehen? Ich habe Anlass zu glauben, dass Donald Trump ein bisschen schlimmer ist. Natürlich könnte ich falsch liegen, aber ich glaube ... ich glaube, er ist von einer Kreatur besessen, die wie Menschenhaar aussieht, aber vom Gehirn des Menschen unter sich Besitz ergreift. Eine Kreatur, die das menschliche Gehirn so steuert, dass es nach ihrer Pfeife tanzt.«

Barack Obama lachte. »Das kann nicht stimmen. Trump hat gar keinen Schnurrbart.«

»Für mich klingt das so, als wäre Glenn Beck in der Klapsmühle gewesen, als alle gefragt haben, wo er steckt«, sagte Trump und die Menge lachte.

Während Glenn Beck sich durch die Menschen vorwärtsbewegte, stetig auf Trumps Position auf der Bühne zu, machten sie ihm kreisförmig Platz. Die Uhr zählte die letzten Sekunden herunter.

»Zieht eure Stimmen zurück«, sagte Beck. »Verlangt mehr Zeit. Verlangt, dass sie die Wahl auf sieben Uhr verschieben, wie sie es bis vor wenigen Minuten noch versprochen hatten. Dann verlangt nur eine Sache von Trump.

Wenn ich unrecht habe, kann das leicht bewiesen werden. Trump müsste uns einfach nur erlauben, ihm den Kopf zu rasieren.«

»Das ist ja lächerlich!«, sagte jemand in der Menge.

»Er ist irre!«

»Er hat recht mit den Zombies!«

»Halt die Klappe! Ich bin kein Zombie!«

»Trump sollte das machen!«

»Er sollte es nicht machen müssen!«

»Aber als Zeichen des guten Willens …!«

»Genug!«, rief Trump. Er sprang von der Bühne und auch für ihn räumte man einen Kreis in der Menge frei.

»Das Wahlergebnis steht fest!«, sagte Roter Bill.

»Vielleicht sollten wir uns zuerst alle die Köpfe rasieren«, sagte Clinton, »und dann Neuwahlen abhalten.«

»Wer ist hier wahrscheinlicher besessen?«, sagte Trump zu Beck, während sie sich einander näherten. »Der Kerl, der das ganze Jahr über jeden Tag im Fernsehen war, im öffentlichen Rampenlicht, um Produkte zu verkaufen, Hotels zu bewerben, von idiotischen Promis den Arsch geleckt zu bekommen, die Dinge beim Namen zu nennen … oder der Kerl, der unter mysteriösen Umständen verschwand und plötzlich im Moment der Wahl wieder auftaucht und versucht, das Rampenlicht zu stehlen? Ich bin ein Haarmonster? Vielleicht bist du ein Haarmonster!«

»Ja«, rief die Menge, die so etwas wie ein Haarmonster noch vor einer Sekunde für eine lächerliches Vorstellung gehalten hatte.

»Ich werde mir den Kopf rasieren, wenn Sie es auch tun«, sagte Beck. »Ich mache es sogar zuerst.«

»Ich habe eine elektrische Haarschneidemaschine bei mir«, sagte ein faszinierend merkwürdiger Mann in der Menge und reichte Beck den Apparat.

»Das würde dir so passen, nicht wahr?«, sagte Trump. »Vielleicht könnte das, was von dir Besitz ergriffen hat, von deinem Gehirn auf meins überspringen, wenn mein fantastisches Haar nicht im Weg wäre. Vielleicht bist du ein Monster, das Präsident werden will.«

»Ja!«, rief die Menge.

»Ach, kommt schon, kaufen wir ihm das ab?«, fragte Beck.

»Ja!«, rief die Menge.

»Wir mögen keine Haarwesen in diesem Land«, sagte Trump und zog eine massivgoldene, halbautomatische Handfeuerwaffe unter seiner Jacke heraus. »In Trumps Amerika verrecken Haarwesen auf der Straße.«

Die Kameras konzentrierten sich auf Trump und Beck, denen die Menge Platz machte, als sie gleichzeitig anlegten, das Haarschneidegerät in Becks Hand und die Massivgoldwaffe in Trumps.

»Erschießen! Erschießen!«, skandierte die Menge.

»Soll ich es tun? Soll ich ihn erschießen?«, fragte Trump. Er spielte sich vor der Menge auf, stachelte sie an, wie er es so gut konnte.

Er hob die Waffe auf Becks Stirnhöhe. Sein Zeigefinger schwebte über dem Abzug.

»Mein Gott«, sagte Beck. Alle Emotionen verließen seine Züge. »Ich kann nicht glauben, dass mir das noch nie aufgefallen ist.«

»Was denn?«, fragte Trump.

»Diese stimmberechtigte Öffentlichkeit verdient Sie.«

Mit einem lauten Knall und einem Sprühnebel aus blutiger Gehirnmasse knickte Glenn Becks Körper auf dem Bürgerstein ein, als Donald Trump mitten auf der Fifth Avenue stand und ihn erschoss. Er verlor keine Wähler.

Kapitel 12

Der Nachrichtenmoderator fuhr sich mit der Hand über den Kopf und seine Haare glitten ihm durch die Finger. Von seinen Handflächen tropften verschwitzte Rückstände von Haarspray und festem Puder-Make-up. Er zwang sich, zu atmen. Ein. Aus. Ein. Aus.

Irgendwo befand sich eine Frauenstimme, zuerst donnernd und unverständlich und dann weit entfernt. Sie gab eintönige Wiederholungen von sich, wie in einer Echokammer, monoton und unaufhörlich. Lichter verbrannten seine Haut und erschütterten seine Sinne und einen seligen Augenblick lang glaubte er, er würde aus einem Koma erwachen oder einem Kälteschlaf, und sich in Utopia wiederfinden.

Aber er erwachte am Set und die Stimme gehörte seiner Co-Moderatorin.

Der Produzent schüttelte ihn an der Schulter, flüsterte scharf, schrie ihn an, dass sie auf Sendung waren, dass der Moment gekommen war.

Obwohl seine Sicht verschwamm und er die Worte nicht lesen konnte, wusste er, dass seine Kollegin vom Prompter ablas. Sie war für ihn eingesprungen. Das gesamte Team hinter den Kameras trommelte mit den Fingern auf Tastaturen und starrte auf Monitore, um ihnen Informationen zukommen zu lassen. Ein Summen in seinem Ohr war eine weitere Stimme, die irgendetwas über Ohio sagte.

»Bla, bla, historische Wahl, bla, bla, Präsident«, sagte die Co-Moderatorin. »Bla, bla, Führer der freien Welt, Oberbefehlshaber, Demokratie, bla, bla.«

»Bla, bla, Texas, dreißig Prozent, bla, bla«, sagte die Stimme in seinem Ohrstecker.

»Bla, Bürgerpflicht, Freiheit, tollstes Land der Welt, Brustimplantate, Amerika, bla«, sagte die Moderatorin. »Wir werden Ihnen das Ergebnis jeden Moment mitteilen können.«

»Republikrat, Demokaner, Wechselwähler, Reality-TV!«, rief der Produzent.

Die Moderatorin nickte. »Wird Ihnen präsentiert von Alkohol und Zucker, Jesus errettet, Football, Sturmgewehren, Weltneid, SUVs, Gott segne unsere Truppen«, sagte sie.

Ein Zucken in seiner Schläfe schickte die Hand des Nachrichtenmoderators zu seinem Haaransatz und er schrie in die Redaktion hinaus. Das Dröhnen seiner Stimme hallte im Studio wider, stoppte die tippenden Finger, setzte den Phrasen ein Ende, den Stimmen, den Schritten, dem Tumult. Alles verstummte, außer dem Summen des Ohrsteckers, und dann entfernte er ihn.

»Geht es … Ihnen … gut?«, fragte seine Co-Moderatorin.

Der Nachrichtenmoderator sah auf. Kühle Gesichter beobachteten ihn – Kollegen, Bosse, Freunde – und sie alle gehörten Fremden. In der Dunkelheit füllten sich ihre

Augen mit Furcht und Wut und Hass. Sie beobachteten ihn stumm, brannten ihre Negativität in ihn, ihren Zorn, ihren Selbsterhaltungstrieb, ihre Habgier und Lust und ihren Solipsismus, ihr *Amerika*.

»Ich hatte einen Albtraum«, sagte der Nachrichtenmoderator.

Augenbrauen verkniffen sich. Es gab Achselzucken und Kopfschütteln. Es war die Co-Moderatorin, die die Anspannung mit einem gezwungenen Lachen auflöste. »Tja«, sagte sie auf die künstlich witzige Tour, während die Arbeit am Set wieder aufgenommen wurde, »ich schätze, das hat man davon, wenn man während der ...«

»Ich hatte einen Albtraum«, unterbrach sie der Nachrichtenmoderator, diesmal ernster.

Alles bewegte sich langsam. Vielleicht schwebten Finger über Notschaltern oder Stimmbänder bereiteten sich darauf vor, ihn niederzuschreien; vielleicht hatten da draußen in Amerika Mütter ihre Daumen auf die Stummtasten gelegt oder die Ohren ihrer Kinder zugehalten; vielleicht wechselten Menschen den Sender; vielleicht schrieben sie ihren Freunden eine SMS, damit sie sich das ansahen; vielleicht hatten sie schon ihre Lebenspartner aus der Küche herein gerufen; vielleicht saßen sie einfach mit toten Augen da und schaufelten händeweise Popcorn und Prozac in sich hinein. Oder vielleicht sahen sie gar nicht erst zu. Vielleicht waren Nachrichtenmoderatoren Antiquitäten. Vielleicht verlasen heutzutage den Comedians die Nachrichten.

»Ich hatte einen Albtraum. Ich war ... in einem Minivan«, sagte der Nachrichtenmoderator. Er schüttelte den Kopf und musste über sich selbst lachen, ein krankes und verwirrtes Lachen. »Da waren diese Kinder. Ein Junge und ein Mädchen. Der Junge war ungefähr fünf und das Mädchen konnte nicht viel älter gewesen sein. Sie hatten irgendein dummes Spiel gespielt und das hatte damit geendet, dass sie einander anschrien und weinten. Sie waren ... sie waren beide furchtbar.

Der Junge ... er sagte: *Mom, Susie versucht, mir meine Waffen wegzunehmen. Sie will Babys umbringen und sie sagt, ich muss Schniedel mögen, wenn ich erwachsen bin. Sie sagt, sie kriegt die Hälfte von den Bauklötzen, die ich mit meinem Geld von der Zahnfee gekauft habe.*

Und das Mädchen sagte: *Bobby sagt, ich kann ihn nicht dazu zwingen, mir ein Weihnachtsgeschenk zu kaufen, weil er an Santa glaubt. Er hasst mich, weil ich ein Mädchen bin. Er hat die Heizung so weit aufgedreht, dass wir alle sterben werden, und er will's nicht zugeben.*

So ging das hin und her und sie schrien: *Susie sagt, dass sich Mädchen wie Jungs anziehen und zusehen können, wie ich Pipi mache. Ich hab meine Schuhe verloren und Bobby will mir keinen von seinen geben. Susie sagt, ich darf das mexikanische Kind in der Schule nicht mobben. Bobby sagt, ich muss ein Dienstmädchen werden, wenn ich erwachsen bin. Und immer so weiter und so weiter.*

Und ich sah mich um und der Minivan war voller Erwachsener. Nicht nur die Eltern, sondern die Großeltern, Onkel, Tanten, entfernte Cousins, Freunde der Familie – und ich wartete darauf, dass sie sich einmischten. Ich wartete darauf, dass sie etwas sagten. Und das taten sie.

Die Mutter, sie sagte: *Bobby, schalt die Heizung niedriger, damit wir nicht alle sterben.*

Dann sagte der Vater: *Du stellst dich auf ihre Seite? Obwohl diese kleine Zicke versucht, ihn dazu zu bringen, Schniedel zu mögen?*

Und eine Tante sagte: *Das ist ein gutes Argument. Niemand mag Schwuchteln.*

Die Mutter sagte: *Wirklich? Du bist eine Frau! Willst du deine Zukunft wegwerfen, indem du einem fremdenfeindlichen, kleinen Mistkerl zustimmst, der glaubt, dass ihm die Bauklötze gehören, die er gekauft hat?*

Ein Onkel sagte: *Wenn ich Geld dafür bekomme, einen Zahn verloren zu haben, dann ist das mein gottverdammtes Geld.*

Und dann fingen sie alle zu schreien an, alle auf einmal. *Du hast deine Zähne nicht gemacht. Meine Zähne gehören mir und Santa. Es gibt keinen Santa. Warum haben jüdische Kinder Zähne? Keiner kann Mexikaner leiden. Mädchen, die sich wie Jungs anziehen, dürfen nur anderen Mädchen beim Pinkeln zugucken. Sorgt euch um die Menschen in diesem Auto, bevor ihr euch um den braunen Jungen sorgt, den wir gleich überfahren werden.*

Das war das Einzige, woauf sie sich einigen konnten – diesen braunen Jungen zu überfahren. Das ging für alle in Ordnung. Wir haben nicht einmal abgebremst. Sie waren alle viel zu sehr mit ihren Bauklötzen beschäftigt, mit ihren Weihnachtsgeschenken, mit der Zahnfee. Und außerdem, redeten sie sich ein, hieß es wahrscheinlich ›er oder wir‹.

Ich verlor mich in diesem Nebel aus Lärm und Unworten. Die kleinen Scheißer schrien und heulten weiter, zogen sich gegenseitig an den Haaren, kniffen einander, und die

Erwachsenen versammelten sich hinter ihnen. Zuerst bildeten sie Sprechchöre, dann beschimpften sie sich gegenseitig, dann machten sie mit, bissen und kratzten und verteilten Feuchte Fuzzis.

Irgendwann schrie ich: *Warum? Warum unterstützt ihr sie? Warum sagt ihr ihnen nicht, dass sie die Klappe halten sollen? Nehmt ihnen ihr Spielzeug weg, verbietet ihnen diese Woche das Fernsehen, verpasst ihnen eine Auszeit, versohlt ihnen die Hintern, tut irgendwas! Warum gebt ihr ihnen so viel Macht? Warum wendet ihr nicht das Auto?*

Aber sie starrten mich nur an. Sie legten ihre Stirnen in Falten, als hätte ich gerade das Dämlichste gesagt, das sie je gehört hatten. Und die Mutter sagte zu mir … *Wer würde die Straßen bauen?*«

Der Nachrichtensprecher starrte in die Kameralinse und lachte. Er streckte seine Arme neben sich aus, Handflächen nach oben, und zuckte mit den Schultern.

»*Wer würde die Straßen bauen?*«, wiederholte er. Eine Träne floss ihm aus einem Auge, während er lachte.

Es herrschte Stille.

Die Co-Moderatorin schluckte. Der Produzent stand neben dem Prompter und gestikulierte in ihre Richtung, wedelte mit den Händen; sein Gesicht war ein verzerrtes Durcheinander aus Panik über die verschwendete Sendezeit, die in die Nation getragen wurde.

»Na ja, es war nur ein Albtraum«, sagte die Co-Moderatorin mit dieser kitschigen Stimme.

»Und warum kann ich dann nicht aufwachen?«, donnerte der Nachrichtenmoderator. »Das geht schon mein ganzes Leben so! Warum kann ich nicht aufwachen?«

»In Ordnung«, sagte die Co-Moderatorin. »Sie sind offensichtlich stressüberladen. Aber um auf das Wahlergebnis zurückzukommen: Es sieht so aus, als wäre der nächste Präsident …«

»Die Kinder haben die Straßen gebaut«, sagte der Nachrichtenmoderator. »Die Kinder haben die Erwachsenen erzogen. Sie steuern das Auto.«

»Geht in die Werbung«, sagte der Produzent.

Der Nachrichtenmoderator hob den Revolver aus seinem Schoß und drückte sich den Lauf an die Wange.

»Halt! Nein! Keine Werbung!«, sagte der Produzent.

Die Co-Moderatorin sprang von ihrem Platz auf und floh. Die Rechercheure und Journalisten machten Sätze unter Tische. Praktikanten warfen ihre Namensschilder zu Boden. Der Wetteransager duckte sich hinter den Greenscreen.

»Die Kinder haben die Straßen gebaut«, sagte der Nachrichtenmoderator wieder. »Deswegen führen sie ins Nirgendwo. Sie haben sie in Kreisen angelegt, damit die Fahrt immer weitergeht. Das ist ihr Spiel. Die Erwachsenen wissen nicht, wie man das spielt. Die Kinder geben den Ton an. Es gibt keine Disziplin. Es gibt gar nichts. Und das Spiel ist aus: Egal, welches Kind gewinnt, die Erwachsenen verlieren.«

Er spannte den Hahn und schloss die Augen.

»Scheiß auf die Kinder!«, brüllte er in die Kamera.

Er drückte den Abzug.

Im Studio erklangen Schreie, dann Keuchen und Schluchzen. Menschen fluchten leise und stoben in alle Richtungen davon. Aber auf den Fernsehbildschirmen im

Land sah man nur das Bild eines in seinem Stuhl zusammengesunkenen Nachrichtenmoderators, dessen Kopf nach hinten gefallen war, und das Logo des Senders, das vor Blut triefte.

Der Produzent war es, der sich ins Bild beugte, um die Stille zu unterbrechen.

»Ladys und Gentlemen, der nächste Präsident der Vereinigten Staaten von Amerika ist …«

TEIL III

Donald Trump und die Herrschaft des Schreckens

Kapitel 13

Präsident Trumps graffitiüberzogenes, fünfzehn Meter hohes Portrait hing an jedem Abschnitt der Großen Mauer von Amerika. Sprechblasen in roter Sprühfarbe ließen ihn sagen: »Macht die Mauern wieder großartig!« und: »Hey, Mexiko, du bist gefeuert!« Mel Gibson und die Minutemen ritten die gesamte Mauer zu Pferd ab, Armbrüste an ihren Seiten, unter den flackernden Scheinwerfen, die zu warten sich niemand die Mühe machte.

Das erste Jahr war dafür draufgegangen, die Mexikaner davon zu überzeugen, die Mauer zu bezahlen, aber in jedem der darauffolgenden fünf Jahre hatten sie das nötige Geld investiert, um sie drei weitere Meter aufzustocken, ohne dass man es ihnen hatte sagen müssen. Der Legende nach nannten die Mexikaner auf der anderen Seite die Mauer »La Puerta Del Diablo«, aber in Amerika waren seit Jahren keine Mexikaner mehr gesichtet worden. Ein paar Dutzend Meter von der Mauer entfernt erstreckte sich der Automobilfriedhof bis zum Horizont, ein Denkmal der Zeit, in der die Amerikaner sich selbst in Hightech-Maschinen zur Arbeit befördert hatten.

Die Dokumentarrebellen kauerten sich hinter ein verrostetes Fahrzeug. Ihre Stimmen waren nur ein Flüstern.

»Die werden nicht verschwinden«, sagte Morgan Spurlock. »Unsere einzige Chance besteht darin, zu rennen.«

»Das würden wir nie schaffen«, sagte Michael Moore. »Irgendwann müssen sie schlafen. Oder sie werden jemanden ein paar Kilometer weiter unterstützen.«

»Ich schließe mich Morgan an«, sagte John Oliver. »Die werden nicht unachtsam. Nie. Und wer weiß, was auf der mexikanischen Seite passiert? Wenn wir über die Mauer wollen, müssen wir so schnell sein, wie wir nur können.«

»Vielleicht gibt es eine Möglichkeit für ein Ablenkungsmanöver. Wir könnten einen Kilometer weiter ein Feuer machen, oder so, und …«

»Und dann den ganzen Weg hierher zurückrennen? Bevor sie es löschen oder Verstärkung rufen? Und was wollen wir denn anzünden? Die Mauer? Wie sollen wir nah genug rankommen? Gibson und seine Schläger sind überall, an der gesamten Grenze, überall, wo überhaupt die Chance besteht, nah ranzukommen.«

»Manche haben das schon geschafft«, sagte Oliver. »Ich hab das über Craig Ferguson gehört. Wenn er es schaffen kann, dann schaffen wir es auch.«

»Craig Ferguson ist nach Mexiko gegangen?«

»Na ja, keiner geht zurück nach Großbritannien. Nicht, nach dem, was passiert ist …«

»Wisst ihr was? Ich gehe. Ihr könnt das für euch selbst entscheiden.«

Morgan Spurlock sprang auf und sprintete über die freie Fläche auf die Mauer zu, ein Seil in der Hand, das er beim

Rennen rotieren ließ, um mehr Schwung zu gewinnen. Ohne stehen zu bleiben, schleuderte er den Wurfanker, so hoch er konnte, und erreichte gerade so das obere Ende der Mauer.

»Gottverdammt!«, sagte John Oliver, und dann war auch er aufgestanden und schloss die Lücke zwischen sich und der Mauer.

Michael Moore biss die Zähne zusammen und setzte ihnen nach. Bis er die Mauer erreichte, hatte sich Morgan Spurlock schon bis ganz nach oben hochgezogen. Er kniete sich hin und sah zur mexikanischen Seite hinüber.

»Oh mein Gott«, sagte er. »Es ist wunderschön.«

»Wirf die Leiter runter, Morgan!«, sagte John Oliver. »Du weißt doch, dass wir nicht seilklettern können. Eine von Michaels Händen wurde durch einen Speer ersetzt und ich bin Engländer.«

»Hey! Hey!«, riefen Stimmen von Weitem. Die Minutemen. Moore und Oliver konnten sie in der Ferne sehen, gegen den Nachthimmel abgezeichnet, auf ihren Pferden auf sie zu eilend.

Morgan Spurlock horchte auf. Er löste die Leiter aus Fallschirmleinen von seinem Rücken. Er kämpfte noch mit dem Metallhaken und damit, die Leiter oben an der Mauer zu befestigen, als ein Armbrustbolzen durch die Nacht segelte und ein stechender Schmerz in seiner Brust explodierte.

»Nein!«, rief Michael Moore.

Der benommene Morgan Spurlock verlor das Gleichgewicht und stürzte von der Mauer. Die Fallschirmleinenleiter blieb aufgerollt zurück. Sein Körper krachte in den Dreck zwischen Moore und Oliver. Eine seiner Hände lag schlaff über seiner durchbohrten Brust, während er mit leeren Augen in den Nachthimmel starrte.

»Aber ich habe es gesehen«, sagte Morgan Spurlock. »Ich habe es gesehen und es war genau so, wie ich es mir vorgestellt hatte.«

»Du wirst es schaffen, Morgan!«, sagte John Oliver. »Du musst atmen!«

Morgan Spurlock holte tief Luft. »Gedenkt meiner … dafür, dass ich den Menschen gesagt habe … dass Fastfood … schlecht für sie ist.« Sein Körper erschlaffte und er fand endlich Frieden.

»Stehen bleiben! Nicht bewegen!«, verlangten die Stimmen in der Ferne.

»Sollen wir rennen?«, fragte Moore.

»Das hat keinen Zweck«, sagte Oliver. »Du bist fett und ich bin Engländer.«

Sie standen mit hoch über die Köpfe erhobenen Armen da – drei menschliche Arme und ein an menschlichem Gewebe befestigter Speer. Die Fackeln rückten näher und die Armbrüste wurden sichtbar. Fünf berittene Männer stiegen von ihren Pferden und filzten Moore und Oliver, während ihr Anführer, Mel Gibson, sich näherte.

»Die Dokumentarrebellen«, sagte Gibson. »Ich hätte es mir denken können.«

»Wissen Sie, eigentlich war ich nie ein Dokumentarfilmer«, sagte John Oliver. »Ich bin nicht sicher, was ich bei dieser Gruppe will. Ich war ein Fernseh-Typ. Fake News, wissen Sie noch?«

»Für mich seid ihr alle gleich«, sagte Mel Gibson. »Dokumentationen, Talk Shows ... das ist alles Reality-TV. In diesem Land kann es nur einen Reality-TV-Star geben und das ist Präsident Trump.«

»Sie müssen ihm nicht dienen, Sugar-Tits-Typ«, sagte Michael Moore. »Denken Sie ein Mal in Ihrem Leben selbstständig. Legt die Armbrüste weg und wir können alle über die Mauer nach Mexiko gehen, wo es schön ist. Wir können ihnen vom Helden Morgan Spurlock erzählen und dem Opfer, das er gebracht hat.«

Mel Gibson lachte. »Auf keinen Fall. Endlich hab ich die Dokumentarrebellen dingfest gemacht. Präsident Trump wird mich großzügig dafür belohnen. Sie kommen mit mir.«

»Schön, wissen Sie was?«, sagte John Oliver. »Tun Sie Ihr Schlimmstes. Ich bin in dieses Land gekommen, weil es Möglichkeiten bot, und das ist nicht mehr so. Es ist schon jetzt ein Gefängnis und es gibt keinen anderen Ausweg, als den Tod. Womit Sie auch vorhaben, mich zu bestrafen, tun Sie es und bringen Sie es hinter sich.«

»Oh, Sie kommen nicht mit, John. Sie sind Engländer. Sie werden nach Hause geschickt. Premierminister Piers Morgan kann sich mit Ihnen befassen.«

»Nein ... nein!«, rief John Oliver. »Sie Hurensohn! Alles, nur das nicht! Töten Sie mich! Töten Sie mich!«

Die Minutemen fesselten Michael Moores Hand und Speer mit einer Stahlkette hinter seinem Rücken und brachten ein Vorhängeschloss an, während John Oliver auf dem Boden lag und schluchzte. Sie ließen Oliver dort und warfen Moore zu einer Gruppe weiterer Gefangener in einen Käfig auf Rädern, der von zwei Pferden gezogen wurde.

»FREIHEIT!«, brüllte Mel Gibson, als sie Moore neben einem in Handschellen gelegten Penn Jillette im Käfig einschlossen.

»Was für ne Freiheit?«, schrie Penn Gibson an. »Was zur Hölle faseln Sie da?«

***

»Teller hat es über die Mauer geschafft«, sagte Penn. »Er hat sie in die Irre geführt und dafür gesorgt, dass sie sich auf mich konzentrieren, während er nach oben geklettert ist. Wissen Sie, ich hab gehört, die haben da drüben Hoverbikes. Läuft vielleicht über Magnetismus. Kurz bevor er hinter der Mauer verschwand, als sie mich gerade einkreisten, da rief ich Teller zu, fragte ihn, ob es stimmt, ob sich die Technologie auf der anderen Seite weiterentwickelt.«

»Was hat er gesagt?«, fragte Michael Moore.

»Der Mistkerl hat kein Wort gesagt.«

Die Pferde galoppierten über den steinigen Pfad und der Käfig hüpfte und verdrehte sich alle paar Meter, sodass Moore und Jillette gegen die Stäbe geschleudert wurden. Sie ließen sich mit hängenden Köpfen fallen und fuhren ihrem Schicksal überwiegend in Stille entgegen.

»Dieses Land ist zerrüttet«, sagte Penn. »Wenn wir nur das Zepter der ultimativen Zerstörung in die Hände eines Liberalisten bekämen, dann könnte er es zur Erschaffung nutzen.«

»Das Zepter der ultimativen Zerstörung kann zur Erschaffung benutzt werden?«

»Ich weiß es nicht. Wahrscheinlich.«

Die Pferde wieherten und die Kutsche blieb mit einem Ruck stehen. Moore und Jillette griffen nach den Stäben, um ihr Gleichgewicht nicht zu verlieren. Vor ihnen blockierte eine berittene Gestalt den Pfad. Ihre Gegenwart warf einen Schatten über die Kutsche und die Karawane.

»Aus dem Weg!«, rief ein Mitglied der Kavallerie.

Moore und Jillette krochen näher zur Vorderseite des Käfigs und spähten durch die Gitterstäbe, um einen Blick auf den mutigen Fremden werfen zu können.

»Mit Ihnen habe ich keinen Streit, Gibson«, sagte die vertraute Stimme des Fremden. »Mein Kampf gilt Präsident Trump. Geben Sie mir Michael Moore und ich verschwinde. Oder Sie bringen uns alle zum Weißen Haus.«

Mel Gibson lachte widerwärtig. »Sie haben vielleicht Eier in der Hose. Warum werfe ich Sie nicht einfach hinten in den Käfig, bringe sie zum Octagon und sage, Sie hätten versucht, über die Mauer zu fliehen? Es wäre Ihr Wort gegen meins. Was lässt Sie glauben, Sie wären in der Position, um Forderungen zu stellen?«

»Ich will Ihnen etwas zeigen.«

Der Fremde stieg von seinem Pferd und während er sich Gibson näherte, zog er etwas aus seiner Umhängetasche, das in der Nacht mit einer Energie leuchtete, die beinahe elektrisch aussah – doch das war unmöglich. Seit mittlerweile über einem Jahr verfügten ausschließlich Trump und sein engster Kreis über Elektrizität und die einzige je sichtbare Verwendung war die für die Scheinwerfer entlang der Mauer.

Der Fremde und die Kavalleristen sprachen leise miteinander und starrten das leuchtende Objekt mehrere Minuten lang an, während Musik und Stimmen aus dem kleinen Gerät drangen. Es dauerte einige Zeit, bis Michael Moore begriff, was es war. Es ergab keinen Sinn, aber es war unverwechselbar. Der Fremde hielt einen funktionierenden Tablet-Computer in der Hand, zeigte den Männern, die Moore gefangen hatten, das Display und spielte ein Video ab.

»Das kann unmöglich stimmen«, sagte Mel Gibson, als es vorbei war. »Das ist eine Fälschung. Es muss eine sein.«

»Es ist echt. Es hat fünf Jahre gedauert, um alle Informationen zusammenzutragen, aber es ist wahr.«

»Wenn das stimmt, dann würde das bedeuten, dass wir all die Jahre …«

»… eine Lüge gelebt haben«, beendete der Fremde den Satz. »Aber es ist noch nicht zu spät, um es aufzuhalten. Geben Sie mir Michael Moore.«

»Verdammt«, flüsterte Gibson. »Verdammt! Lasst ihn gehen. Lasst Michael Moore frei. Behaltet Penn Jillette.«

Zwei der Minutemen begleiteten den Fremden zur Rückseite der Kutsche und der Fremde steckte das Tablet in seine Umhängetasche zurück. Als sie in der Dunkelheit näher traten, konnte Michael Moore schließlich die Gesichtsform des Unbekannten sehen.

»Glenn …«, sagte er. »Unmöglich. Ich habe Sie sterben sehen.«

Die Minutemen schlossen den Käfig auf und ließen Michael Moore frei. Als Penn Jillette zu fliehen versuchte, schoben sie ihn gegen die Gitterstäbe und schrien ihn an. Sie stießen Moore gegen Beck und hielten ihre Armbrüste auf sie gerichtet, während sie den Käfig versperrten und wieder ihre Pferde bestiegen. Im nächsten Augenblick waren sie über den Pfad verschwunden und ließen den Dokumentarfilmer und den Spinner hinter sich in der Nacht zurück.

***

»Ich bin nicht Glenn Beck«, sagte Glenn Beck, während sie gingen. »Ich bin Alex Jones. Der Körper der Hyäne alterte und Glenns Tod bot mir eine Gelegenheit.«

»Alex Jones. Wow! Ich hab nach Ihnen gesucht. Ich hab zu Ihnen gebetet.«

»Ich habe Sie gehört. Ich war da. Ich habe Sie immer beobachtet.«

»Dann ist die Klapsmühle …«

»Noch da. Immer. Die Klapsmühle existiert schon länger als die Menschheit. Sie hat Schlimmeres als Trump überdauert.«

»Warum haben Sie mir das nicht gesagt?«, rief Moore. »All die Jahre! All der Schmerz! Warum haben Sie mich nicht zurückgeholt?«

»Sie haben sich während der Wahl als Belastung erwiesen. Die Klapsmühle operiert in den Schatten, vor der Öffentlichkeit verborgen. Es ist eine Sache, wenn ein einzelner Spinner in eine Filmkamera hinein brüllt. Aber es ist etwas ganz anderes, wenn er einen Spinnerkollegen bloßstellt.«

»Und jetzt tauchen Sie wieder auf? Warum? Weil Sie mich nicht sterben lassen konnten?«

»Das hätte mir nicht gefallen, aber ich hätte es zugelassen, wenn es hätte sein müssen. Mein Timing war ein Zufall. Meiner Meinung nach ist der Schlamassel, in dem wir stecken, zum Teil Ihnen geschuldet. Und als Sie aufgehört haben, zu arbeiten, als Sie in den letzten Jahren angefangen haben, sich dumm zu saufen und in Bars zu prügeln, haben wir weitergearbeitet. Jetzt ist es fast vollbracht. Der letzte Akt ist riskant. Sie waren leichtsinnig. Sie haben andere Irre in Gefahr gebracht. Ich habe Ihr Leben vor der öffentlichen Hinrichtung im Octagon gerettet. Jetzt will ich, dass Sie es dafür aufs Spiel setzen, die Nachricht zu überbringen, die wir in den letzten fünf Jahren zusammengestellt haben.«

Jones-Beck zog die Umhängetasche von seiner Schulter und hielt sie Michael Moore hin.

»Was ist das?«, fragte Moore.

»Die letzte Folge. Der eintausendunderste Grund, Amerika zu hassen. Wir haben sie für Sie fertiggestellt. Wenn die Menschen sie sehen, wird das diese Nation verändern.« Er lächelte. »Nehmen Sie mein Pferd. Reiten Sie nach Norden, bis es nicht weiterlaufen kann. Wenn es eine Pause braucht, sehen Sie sich das Video an. Dann werden Sie es verstehen.«

Jones-Beck tätschelte Moores Schulter und neigte den Kopf, dann drehte er sich zu den Bäumen um und ging in die Dunkelheit.

»Sie kommen nicht mit mir?«, rief Moore ihm nach.

»Ich habe Ihnen doch gesagt«, erklang die Stimme von Jones-Beck, »dass ich Sie immer beobachte. Wenn Sie mich brauchen, werde ich da sein.«

Kapitel 14

Der kanadische Premierminister Ted Cruz erreichte das Octagon auf einem mexikanischen Hoverbike und Donald Trump erreichte es auf einer von Prominenten getragenen Sänfte. Die Staatsoberhäupter schüttelten einander die Hände und posierten für Maler, bevor sie mit den Zeptern der ultimativen Zerstörung ihre Plätze in der Mitte der Sandarena einnahmen. Die Menge um sie herum schrie nach Blut und schwenkte Sternenbanner und Ahornblattfahnen.

»Wie Sie wissen, habe ich den Menschen meines Landes versprochen, Kanada wieder großartig zu machen«, sagte Ted Cruz. »Die Bevölkerung Ihres Landes flieht nachts über unsere Grenzen. Die Menschen kommen nach Kanada, um von unserem Gesundheitssystem zu schmarotzen, fleißigen kanadischen Bürgern die Arbeitsplätze wegzunehmen, unser Steuersystem zu belasten und unser Land zugrunde zu richten, wie sie das mit Ihrem gemacht haben. Ich habe eine Mauer auf unserer Grenze vorgeschlagen und das werde ich durchziehen. Und ich versprach, dass es die Amerikaner sein werden, die dafür bezahlen.«

»Okay, okay, beruhigt euch«, sagte Trump und winkte, um die kreischende Menge zum Schweigen zu bringen.

»Meine Mauer ist eine großartige Mauer. Mauern können Länder großartig machen und hören Sie, ich denke, wir haben Amerika wieder großartig gemacht, und das werde ich auch weiterhin tun.

Glauben Sie mir. Ich habe gesagt, wir können eine Mauer bauen und Nichtamerikaner von Amerika fernhalten und das haben wir getan. Gerade heute Morgen wurde der langweilige John Oliver wieder in sein Land zurückgeschickt. Das habe ich getan, und das werde ich auch in Zukunft jeden Tag tun. Wir dulden keine illegalen Einwanderer in diesem Land. Sogar Französische Pudel und Deutsche Schäferhunde werden in ihre Länder zurückgeschickt. So ernst ist mir die Sache. Aber Amerika ist prima und das amerikanische Volk wird nicht dafür bezahlen, dass das so bleibt. Wir lassen andere Völker dafür bezahlen. Ich will eine Mauer nach Kanada bauen, drei Meter höher als die, die Sie bauen wollen, und ich will, dass Sie dafür bezahlen. Und sie bauen. Und sonst alles machen. Wir bleiben hier und sind großartig.«

Die zweihändigen Mitglieder des Publikums applaudierten und der Rest rief seine Zustimmung. Die Kanadier unter ihnen verschränkten die Arme und schüttelten missbilligend die Köpfe, was für sie dem Werfen von Molotowcocktails gleichkam.

»Das könnte Krieg bedeuten, Mr. Trump«, sagte Cruz. »Denken Sie darüber nach. Kanada hat noch immer Verbündete in Mexiko. Wir haben Strahlenwaffen und Plasmakanonen. Hat Ihr Amerika, mit seinen spitzen, an Stöcken befestigten Steinen, wirklich die Ressourcen für diese Art von Konflikt?«

»Das ist Obsidian auf diesen Stöcken«, sagte Trump. »Ich weiß nicht, ob Sie das wissen. Und Obsidian ist der beste Stein, den man an einen Stock binden kann. Der ist fantastisch. Amerika ist großartig. Wenn es einen Krieg braucht, damit Sie für die Mauer bezahlen, dann Krieg Heil, Bitch.«

***

Der Kanadier trat durch die Doppeltür aus Stahl, um seinen Platz auf dem Sand des Octagons einzunehmen. Das Grölen kam aus allen Richtungen, aber in seiner eigenen Brust schien es am lautesten. Er atmete bewusst, zwang sich, die Angst zu überwinden. *Das ist mein Moment*, dachte er. *Mein ganzes Leben hat mich hierher geführt.*

Ihm gegenüber nahm der Amerikaner seinen Platz ein und vergewisserte sich, dass der Obsidian sicher an seinem Speer befestigt war. Er lächelte zur enthusiastischen Menge hinauf und ließ den Augenblick auf sich wirken. *Das ist Ehre*, dachte er. *Das ist die ultimative Berufung eines menschlichen Wesens. Der Dienst für die Nation, für eine Idee. Ich riskiere mein Leben für das Land, das ich liebe, und die Menschen, die darin wohnen.*

Der Kanadier machte den Pulsgenerator seines Plasmagewehrs schussbereit und die Waffe gab ein lauter werdendes Summen von sich, während sie lud. *Eigentlich hat ja jeder Moment in meinem Leben zu einem anderen Moment in meinem Leben geführt*, dachte er. *Das bedeutet gar nichts. So funktionieren Momente eben. Die Tatsache, dass andere Momente dazu geführt haben, machen den hier kein bisschen wertvoller. Das ist dumm.*

Der Amerikaner trat tiefer in die Arena, näher zur Mitte, und bewegte sich in kleinen Kreisen näher auf den Kanadier zu. Sie beobachteten einander, während sie sich immer näher kamen, die Details in beiden Gesichtern deutlicher wurden, von Menschlichkeit ausgefüllt. *Warte mal,* dachte der Amerikaner. *Worum geht's hier wirklich? Darum, wer für eine Mauer bezahlt? Ist das wirklich die ultimative Berufung für ein menschliches Wesen? Ein paar Soziopathen bei der Entscheidung zu helfen, wie man sich die Rechnung für eine dämliche Anschaffung teilen soll? Jetzt, wo ich dafür sterben soll, erscheint mir das irgendwie verdammt dumm.*

Der Kanadier hob die Waffe in Brusthöhe des Amerikaners, während sie einander umkreisten und die Lücke kleiner wurde. Zwischen ihnen lagen jetzt weniger als fünfzehn Meter. Er konnte den Schweiß auf dem Gesicht des anderen Mannes sehen. *Ich kenne diesen Kerl nicht mal*, dachte der Kanadier. *Ich weiß noch nicht mal, ob ich überhaupt damit einverstanden bin, eine Mauer zu bauen. Was, wenn der Kerl auch keine Meinung hat? Kann ich ihn wegen dieser Sache wirklich töten?*

Konzentrier dich, Mann, dachte der Amerikaner. *Er will, dass du für seine dumme Mauer bezahlst. Selbst wenn die ganze Idee lächerlich ist, wird die Mauer trotzdem hochgezogen, weil Trump und Cruz sie beide haben wollen, und irgendwer muss dafür bezahlen. Wir wollen verdammt sein, wenn wir das sind. Dieser kanadische Drecksack denkt, dass wir das tun? Von wegen. Zeig's ihm.*

Wenn die Menschen, die ganz normalen Menschen, sich gegen diese furchtbaren Ideen vereinen könnten, dachte der

Kanadier, *dann hätten diese Idioten mit ihren Zeptern keine Chance, besonders nicht, wenn es die Bevölkerung beider Länder wäre. Das wäre gigantisch. Wenn das kanadische Volk und das amerikanische Volk sagen würden: Lasst uns zusammenarbeiten. Zum Teufel mit unseren Anführern, dann gäbe es nichts, was wir nicht erreichen könnten. Und ich kann nicht der Einzige sein, der so denkt. Das kann nicht sein!*

Sieh dir den Zweifel in seinen Augen an, dachte der Amerikaner. *Er will gar nicht hier sein. Er interessiert sich nicht für diese Mauer. Er mag diese Politik nicht. Er ist wie du. Er will nur ein friedliches Leben führen, ohne dass ihm irgendwer alles wegnimmt.*

Als sie aufeinandertrafen, keine drei Meter voneinander entfernt in der Mitte der Arena standen, unter dem Brüllen und Fäusteschwingen des Publikums, streckte der Kanadier dem Amerikaner eine Hand entgegen.

»Lasst uns als Volk zusammenkommen«, sagte er. »Das ist ein Krieg politischer Entscheidungsträger, kein Krieg der Massen. Sagen wir ihnen, dass wir nicht kämpfen und sterben werden, damit die Dinge immer noch schlechter für uns alle werden können.«

Der Amerikaner stand wie versteinert da. Er schluckte. Er hob die Hand und schüttelte die des Kanadiers.

Die Menge verstummte. Das aggressive Grölen und Schreien wurden zu leisem, nachdenklichem Murmeln. Sofort standen Trump und Cruz mit geweiteten Augen von ihren Plätzen auf.

Das ist es, dachte der Kanadier. *Der Beginn einer neuen Ära. Eine neue Revolution. Das Volk wird sich Nordame-*

rika zurückholen. Und es beginnt genau hier, mit mir und diesem Mann.

Wahrscheinlich lockt er mich mit dem Anschein falscher Sicherheit in eine Falle, dachte der Amerikaner. *Gerissener kanadischer Mistkerl. Aber was, wenn nicht? Das könnte ein wirklich bedeutender Augenblick sein. Oder … Ach …*

Moment, dachte der Kanadier. *Selbst wenn er hier zusammen mit mir ein Zeichen setzt …*

… müssen sie nur andere Soldaten hier rausschicken, die keine Zeichen setzen werden, dachte der Amerikaner.

Der Amerikaner durchbohrte die Brust des Kanadiers mit dem Obsidianspeer. Der Kanadier ließ sein Plasmagewehr fallen und keuchte, als ein kleiner Schwall frischen Blutes von seinen Lippen tropfte. Der Amerikaner legte ihm eine Hand auf die Schulter und sah ihm in die Augen.

»Es wäre wirklich cool gewesen«, flüsterte er dem sterbenden kanadischen Soldaten zu.

***

»Die Kanadier sind schwach!«, rief Trump von seinem Balkon neben Cruz in die Menge. »Sie sind zu höflich. Das ist ihr Problem. Es macht sie zu Schwächlingen.«

»Ich stimme zu«, sagte Cruz. »Aber ich bin gewillt, diese Kämpfe über Monate weiter zu führen, Jahre, wenn nötig, und jeden Tag Leben um Leben zu opfern, bis Sie beschließen, für unsere Mauer zu bezahlen. Und hin und wieder werden Sie einen Amerikaner verlieren.«

»Ich würde *jeden* Amerikaner sterben lassen, bevor ich für Ihre Mauer bezahlen würde!«, sagte Trump.

»Könnten wir es mit Crowdfunding versuchen?«, rief jemand im Publikum. »Rausfinden, wie viele Leute das wirklich wollen?«

»Halt dein verdammtes Maul!«, riefen Trump und Cruz.

»Der Krieg soll weiter wüten«, sagte Trump. »Ich werde dem amerikanischen Volk Mut demonstrieren, indem ich es weiterkämpfen lasse, so lange es nötig ist.«

Trump und Cruz setzten sich wieder und zwei weitere junge Männer betraten die Arena mit Waffen. Bevor sie hinausgingen, umarmten sie ihre Familien.

Kapitel 15

In den Schatten unterhalb der Überführung, im Licht des Tonnenfeuers, versammelten sie sich, in ihren schwarzen Umhängen zusammengedrängt. Die Orgie war vorüber. Hier war es ohnehin zu kalt, zu windig und dunkel, um sie wirklich zu genießen. Sie wären woanders hingegangen, aber es gab nichts anderes. Es hatte schon sehr lange Zeit kein Woanders mehr gegeben.

Sie beichteten alte Geheimnisse, gestanden alte Sünden, vergaben einander und kamen sich als Menschen näher. Als Mitternacht heranrückte und sie feststellten, dass ihnen nichts mehr zu sagen blieb, verließen sie den Platz unterhalb der Überführung und gingen in einer Reihe den Hügel hinauf.

Wie die meisten verbliebenen Straßen, und tatsächlich wie Amerika selbst, war die Überführung nur noch der zweigeteilte Leichnam ihres früheren Selbst und führte längst nirgendwo mehr hin. Die Kultgemeinde formte eine Linie, einer nach dem anderen, den ganzen Weg zur Straße hinauf, bis zu der Stelle, wo sie als eine zerklüftete und bedeutungslose Monstrosität aus gespaltenem Beton endete, die so gebeugt und schlaff da hing wie der amerikanische Traum.

Die Köpfe drehen sich, einer nach dem anderen, vom Ende der Reihe bis zu ihrem Anfang, beim Geräusch von Hufen auf dem Straßenbelag. Michael Moore kam den Weg herauf geritten, die Schultern gestrafft, den Kopf hoch erhoben, eine Hand an den Zügeln.

»Kamera-Typ, Ton-Typ«, sagte er zu seinen alten Freunden, die in der Mitte der Reihe standen. »Wie groß waren die Chancen, euch über den Weg zu laufen?«

»Oh, um Himmels willen«, sagte Ton-Typ. »Michael Moore? Können wir nicht wenigstens in den Tod springen, ohne dass es irgendwas mit dir zu tun hat?«

»In den Tod springen?«, fragte Moore. »Warum wollt ihr das machen?«

»Pscht«, machte Kamera-Typ. »Gönn uns das einfach. Gönn uns wenigstens das einfach.«

»Als ich vier Jahre alt war, habe ich auf eine Wand gemalt«, sagte der Kultführer am Rand des Kliffs der geborstenen Straße mit einer weichen Südstaatenstimme. »Ich glaube, ich habe mehrere Permanentmarker und eine Schachtel Buntstifte benutzt. Ich erschuf mein kindliches Meisterstück hinter meiner Wohnzimmercouch. Meine Eltern reagierten mit Schrecken und Wut von solchem Ausmaß, wie ich es bis zu diesem Zeitpunkt nie erlebt hatte. Ich wurde ausgeschimpft, ich wurde geschlagen, ich wurde zu Bett geschickt, während die Sonne noch am Himmel stand. Kein Essen, keine Gutenachtgeschichte, kein Gutenachtkuss. Ich weinte den Rest des Tages und einen Teil des nächsten. Ich spürte, dass ich das Vertrauen und die Liebe meiner Eltern zerstört hatte.

Keine Woche darauf war die Wand neu gestrichen worden. Die Möbel waren von der Wand abgerückt worden und es gab Platz zum Gehen. Der Geruch der frischen Farbe war überwältigend. *Fass diese Wand nicht an*, sagte meine Mutter dreimal schnell hintereinander, um ihren Standpunkt klarzumachen, oder vielleicht hallte es nur in meinem Kopf nach.

Eine Stunde später, während meine Mutter ein Schläfchen machte, spielte ich auf dem Wohnzimmerteppich mit meinen gesammelten Spielzeugautos. Ich wurde enthusiastisch, wie Jungs nun mal so sind, und erschuf einen Zusammenprall mehrerer Autos, um den Höhepunkt der Szene, die ich darstellte, zu bilden. Ein Auto, von einem anderen hart getroffen, warf ich in die Richtung – ich bemerkte es einen Moment zu spät – der frisch gestrichenen Wohnzimmerwand. Der Schaden am Spielzeugauto war geringfügig, aber die Wand war verloren.

Ein kleiner grauer Fleck, kaum größer als mein junger Daumennagel, war zunächst das Ausmaß des Schadens. Nun war es meine Erwartung, nach allem, was ich über Farbe wusste, dass die verunstaltete Stelle mit der Farbe überdeckt werden konnte, von der sie umgeben war. *Mit einem Wisch meines Kinderfingers*, dachte ich, *kann diese Wand zum sauberen und schönen Anblick werden, den die Maler vorgesehen hatten.* Also drückte ich mit einer schnellen Bewegung meinen Finger in die weiße Farbe und schmierte sie in die Richtung der grauen Fläche. Die graue Fläche wurde doppelt so groß, aber weniger grau.

Ein klügerer und älterer Verstand hätte wohl die Größenverdopplung als die Entstehung eines schwerwiegenderen Problems erkennen können, aber mein Verstand erkannte das Hellerwerden des Graus als den Beweis eines Prinzips, und so versuchte ich es noch einmal. *Mach die Wand wieder großartig*, dachte ich und verschmierte die Farbe weiter.

So ging das lange Zeit. Mit jedem Wischen meiner Fingerspitze und dann meiner Hand und dann meines Unterarms wurde der Schaden umgehend größer und gleichmäßiger verteilt. Ich weiß nicht, wie viel Zeit vergangen war, bis ich zurücktrat und die Wand betrachtete, eine Katastrophe aus weißer Farbe und freigelegtem Graffito, zerstört von meinem naiven Wunsch, ein Problem zu lösen, das zuerst so klein gewesen war, dass man es kaum bemerkt hätte.

Es war nicht länger möglich, Farbe auf sinnvolle Weise zu verteilen. Der Schaden, den ich angerichtet hatte, war irreparabel. Und obwohl ich die Worte nicht kannte, begriff ich in diesem Moment das Konzept von *›scheiß drauf‹*.

»Scheiß drauf!«, rief die verhüllte Frau an der Spitze der Reihe. Sie sprang von der zerstörten Überführung und stürzte ihrem Tod auf dem Asphalt darunter entgegen.

»Jahrhundertelang«, sagte der Kultführer, »seit der Erschaffung dieser Regierung und dieses großartigen Landes, haben wir versucht, die Farbe zu verteilen, um die innewohnenden Makel zu überdecken. Aber es kommt die Zeit, in der wir von der Wand zurücktreten und unsere Arbeit betrachten müssen, den Schaden erkennen müssen, den wir angerichtet haben, indem wir versuchten, die Grenzen der Farbe aufzulösen durch die Verwendung der Farbe selbst. Der Zeitpunkt kommt, in dem wir erkennen müssen, dass das, was einmal gut gewesen war, bis zur Irreparabilität beeinträchtigt wurde, durch unseren Wunsch, es großartig zu machen.

An diesem Tag war diese Wand vielleicht großartig, nachdem mein Auto ihre Oberfläche getroffen hatte, trotz ihres offenkundigen Makels, oder vielleicht war sie es nicht. Aber mein Versagen, den potenziellen Schaden meiner Einmischung zu erkennen, führte mich auf einen gefährlichen Weg. Die Wand war womöglich in Ordnung, sie hätte vollkommen brauchbar sein können, hätte ich die Voraussicht besessen, frühzeitig hinzusehen und statt *›mach sie wieder großartig‹*, *›scheiß drauf‹* sagen zu können.«

»Scheiß drauf«, rief ein Mann und sprang mit friedlich geschlossenen Augen vom Rand.

»Du hast noch immer den Verstand eines Vierjährigen!«, brüllte eine Stimme aus der Nacht.

Der Kopf des Kultführers drehte sich und die Köpfe der Kultgemeinde drehten sich mit ihm, dahin, wo Michael Moore auf dem Rücken eines Pferdes saß und mit dem Speer, der einmal seine Hand gewesen war, auf ihn zeigte. Eine strenge Selbstgefälligkeit spannte sich über seine Lippen.

»Manchmal braucht die Wand einen neuen Anstrich«, sagte Moore.

»Okay ... in Ordnung ... die Metapher ist nicht perfekt. Aber was ich meine ist, wenn man keine neue Farbe zur Hand hat, dann kommt der Punkt, an dem man ...«

»Jemand hat diese Wand gestrichen!«, sagte Michael Moore. »Sie kann wieder gestrichen werden. Nur weil derselbe Anstrich nicht verteilt werden kann, um die Stellen auszubessern, die wir versaut haben, heißt das nicht, dass wir nicht noch mal von vorn anfangen können. Wir müssen nicht ›*scheiß drauf*‹ sagen.«

»Scheiß drauf!«, rief ein Mann vorn in der Reihe, während er sprang.

»Aufhören!«, rief Michael Moore.

»Ich finde, er hat ein gutes Argument«, sagte ein Mann, der seinen Platz gegen Ende der Reihe verließ und seine Kapuze herunternahm.

»Vielleicht«, sagte die Frau neben ihm, »aber ›*scheiß drauf*‹ war auch ziemlich gut.«

»Ja, es ist relativ leicht, dahinter zu stehen«, sagte jemand anderes.

»Absolut. Ich sage das schon seit Jahren.«

»Was ist mit dieser Wand passiert?«, fragte Michael Moore. »Wie ist die Geschichte ausgegangen?«

»Nun ja, meine Eltern sind aufgewacht und waren außer sich.«

»Aber eine Woche später, einen Monat später, ein Jahr später … war der Schaden noch da?«

»Nein. Sie ließen die Maler zurückkommen. Hören Sie, ich sehe ein, dass es keine perfekte Metapher ist.«

»Es ist eine *ausgezeichnete* Metapher! Die Farbe war zu zerstört, um noch was zu taugen, und ein neuer Anstrich musste her. Das hilflose Kind, das nur die vorhandene Farbe als Lösung sah, konnte das Problem nicht aus der Welt schaffen, aber jemand, der gewillt war, mit neuer Farbe neu zu beginnen, hat es fertiggebracht, zumindest für eine Weile.«

»Kumpel, wir versuchen hier ›*scheiß drauf*‹ zu sagen und uns umzubringen, wenn Sie erlauben.«

»Scheiß drauf!« Ein weiterer Mann sprang vom Rand.

»Hört ihr Leute wohl damit auf, euch umzubringen?«, sagte Michael Moore. »Die Welt besteht nicht nur aus einer einzelnen Farbschicht. Jeder kann lernen, zu streichen. Wir können uns was ausdenken. Wir können die komplette Wand einschlagen, wenn wir müssen. Wir können eine neue Wand hochziehen. Oder keine Wand. Wir können tun, was immer wir wollen. Es gibt Optionen. Wir müssen einfach nur erkennen, dass es nicht mit der bereits vorhandenen Farbe anfängt und aufhört.«

»Scheiß drauf!«, rief der Kultführer, aber diesmal sprang niemand. »Scheiß drauf, Leute, richtig? Kommt schon. Neue Farbe wird nur auch wieder an den Arsch gehen und … ich meine, es gibt keine neue Farbe. Das ist nicht … Amerika ist komplexer als … es geht nicht um die beschissene Farbe!«

»Streicht die Wand neu!«, rief jemand vorn in der Reihe.

»Streicht die Wand neu!«, wiederholte jemand von ganz hinten.

Die Menge bildete einen Sprechchor: »Streicht die Wand neu, streicht die Wand neu.«

»Scheiß drauf, scheiß drauf«, hielt der Kultführer dagegen, aber er wurde ignoriert.

Die Reihe löste sich auf und die Menschen versammelten sich hinter Michael Moores Pferd. Sie riefen die Worte immer wieder, bereit zu marschieren, bereit, wenigstens zu Ehren eines Prinzips unterzugehen.

»Was ist mit *›scheiß drauf‹*, hm, Leute?«, fragte der Kultführer. »Vor einer Minute standen wir noch alle voll hinter *›scheiß drauf‹*.«

»Scheiß auf *›scheiß drauf‹*«, sagte Michael Moore und die Kultgemeinde brach in zustimmendes Geschrei aus, warf ihre Umhänge ab und mit ihnen ihr Gefühl der Sinnlosigkeit.

Im nächsten Moment standen nur noch Kamera-Typ und Ton-Typ allein dort, wo die Reihe gewesen war.

»Wie sieht's aus, Jungs?«, fragte Michael Moore. »Werdet ihr mir ein letztes Mal in die Schlacht folgen?«

Kamera-Typ und Ton-Typ sahen einander in die Augen und all ihre Gedanken und Gefühle wurden in einem einzelnen, übersinnlichen Moment übermittelt. Sie wandten sich wieder Michael Moore zu.

»Klar«, sagte Ton-Typ. »Scheiß drauf.«

***

Die Zugbrücke des Weißen Hauses wurde über dem Feuersee herabgelassen. Die Ketten zu beiden Seiten rasselten, als sie abgerollt wurden. Gegenüber standen die Gefangenen umzingelt da, manche noch in Kutten, andere in Lumpen oder unterschiedlichen Stadien der Nacktheit. Ohne sein Pferd stand Michael Moore in ihrer Mitte, den gesunden Arm über den Kopf gehoben und den Speerarm auf den Boden zu seinen Füßen gerichtet. Die noch immer über seine Schulter geschlungene Umhängetasche hing ihm bis auf die Hüfte hinab.

Die Zugbrücke erreichte den Boden und ließ eine kleine Staubwolke aufsteigen, während der Leiter des Secret Service das Weiße Haus verließ und sich über den Holzsteg auf die Gefangenen zu bewegte.

»Mr. Nugent«, sagte ein Secret Service Agent. »Das ist Michael Moore. Und die Bande, mit der er reist. Sie haben sich ergeben, aber sie haben Bedingungen.«

»Keine Bedingungen«, sagte Ted Nugent. »Ihr stellt die Bedingungen, bevor ihr euch ergebt, nicht hinterher. Wie ich sehe, haben sich die Sozialisten nicht verändert. Handeln noch immer nicht mit gesundem Menschenverstand.«

»Wir sind nicht wegen des Sozialismus hier«, sagte Michael Moore. »Sozialismus ist eine Umstrukturierung vorhandener Farbe. Wir sind hier, um ganz neu zu streichen.«

Nugent und seine Wachen tauschten Blicke. »Was? Wovon zum Teufel redet der da?«

»Wir wissen es nicht. Die faseln ständig von Farbe.«

»Mr. Nugent«, sagte Michael Moore. »Wir sind freiwillig zu Ihnen gekommen, bereit, uns Ihnen zu Füßen zu werfen, weil wir so fest an unsere Sache glauben, dass wir auf den Versuch vorbereitet sind, Sie davon zu überzeugen. Nun, Sie und ich, wir waren vermutlich noch nie einer Meinung. Wir haben uns vermutlich noch nie auf der gleichen Seite einer Schlacht wiedergefunden. Aber wenn Sie mir ein paar Minuten schenken, dann denke ich, kann ich Sie davon überzeugen, dass dieses Land, das wir beide lieben, dass diese Regierung, diese Verwaltung, diese Gesetze, welche zu achten Sie geschworen haben, uns auf die gleiche Seite der Schlacht stellen, die in Kürze entbrennen wird. Alles, was ich von Ihnen verlange, ist, dass Sie sich die Beweise ansehen, die ich mitgebracht habe. Wenn Sie sie gesehen haben und entscheiden, dass ich noch immer Ihr Feind bin, dann werden meine Anhänger und ich aus eigenem, freien Willen in diesen Feuersee springen.«

Am Rand der Zugbrücke verengte Ted Nugent die Augen. Er drehte sich zu den Mitgliedern des Secret Service um, die zu seinen beiden Seiten standen, und sie zuckten zur Antwort mit den Schultern. Sein Blick kehrte zu Michael Moore zurück.

»Werft sie ins Feuer«, sagte Nugent.

»Gottverdammt, wir hätten von einer Freeway-Überführung springen können«, sagte Kamera-Typ zu Michael Moore. »Jetzt ist Feuer im Spiel? Vielen Dank auch, Arschloch.«

Der Secret Service näherte sich Moore und seinen Männern.

Michael Moores unversehrte Hand schoss aus der Höhe in seine Umhängetasche hinein. Als sie einen Augenblick später wieder auftauchte, hielt sie den Tablet-Computer fest. Moore hob ihn über den Kopf und wischte darüber und das Leuchten von elektronischem Licht legte sich über die Gesichter der sich nähernden Agenten, die augenblicklich wie gelähmt stehen blieben.

»Elektrizität«, sagte einer. »Das ist unmöglich.«

»Ja, ist es«, sagte Ted Nugent. »Das ist ein Taschenspielertrick. Das kaufe ich ihm keinen Moment lang ab. Es ist unmöglich, dass irgendwer in diesem Land einen Akku hätte aufladen können, außer über die Leiche eines Mitglieds von Trumps Kabinett. Es gibt kein Benzin mehr, kein Geld für Solarenergie oder sonst eine dieser Hexenkünste. Wissenschaft ist ein Schwerverbrechen ersten Grades.«

»Nehmen Sie es«, sagte Moore, als sich die Blicke der furchtsamen Barbarenhorde auf ihn fixierten. »Nehmen Sie es.«

Nugent streckte vorsichtig die Hand aus und schnappte sich das Tablet. Er trat ein paar Schritte zurück, bevor er seinen Blick auf den Bildschirm senkte, dann wischte er darüber und tippte auf Icons; die Erinnerung daran, wie man elektronische Geräte bediente, kehrte auf einen Schlag zurück.

»Sind da Pornos drauf?«, fragte der Mann links neben ihm. »Schauen Sie nach, ob es Pornos gibt!«

»Halten Sie den Mund!«, sagte Nugent. »Natürlich werde ich nachsehen, ob Pornos drauf sind.«

»Öffnen Sie den Videoplayer.«

»Es gibt Pornos, nicht wahr?«, sagte Nugent. Sein Grinsen verwandelte sich in ein Lachen. »Sie Mistkerl, Sie haben Pornos mitgebracht.«

»Das ist wichtiger als Pornos«, sagte Moore. »Jetzt spielen Sie es schon ab.«

Nugent starrte Moore lange an, bevor er seinen Blick abermals auf den Bildschirm senkte und das Video anklickte. Die Agenten um ihn herum rückten näher, drängten sich vor dem Bildschirm zusammen, und sahen ihr erstes Video seit Jahren, während sich Stille über alle Anwesenden legte. Als sich die Sekunden zu Minuten dehnten, wurde ihre Haut blass, und diejenigen, die den Bildschirm nicht sehen konnten, beobachteten die Zuschauer mit einem Grauen, das ihrem gleichkam.

Als das Licht auf dem Bildschirm erlosch, sagte Ted Nugent nichts. Sein Arm fiel schlaff zur Seite, das Tablett noch in seiner Hand, und eine Weile starrte er den Boden an, bevor er Moores Blick erwidern konnte.

»Sie wissen, was das bedeutet«, sagte Moore.

Ted Nugent atmete tief ein und nickte. »Holt die Pferde!«, sagte er zu seinen Männern. »Und holt auch Pferde für all diese Menschen. Der Präsident ist im Octagon. Dort reiten wir hin.« Er wandte sich Michael Moore zu. »Und wir reiten gemeinsam.«

Kapitel 16

»Die Lage der Nation ist gut. So gut wie noch nie. Ihr könnt euch gar nicht vorstellen, wie gut sie ist.«

Während Trump brüllte und das Zepter der ultimativen Zerstörung über seinem Kopf schwang, tobten die Zuschauer im Octagon, manche zustimmend, andere wütend. Die Zombies unter ihnen riefen Phrasen, die sie von den Menschen um sich herum aufgeschnappt hatten.

»Sie sind der Beste, Trump!«, rief ein weißer Mann mittleren Alters.

»Fick dich!«, rief ein junger schwarzer Mann.

»Frauenrechte!«, rief ein Zombie.

»Es gibt Neider. Und die ganze Zeit sagen die Neider, dass es Amerika nicht gut geht. Sie sagen: *Das amerikanische Volk kommt nicht damit klar, dass es keine Elektrizität und kein Benzin mehr hat. Die Amerikaner verkraften es nicht, dass keiner mehr Arbeit hat. Amerika kann es nicht durchhalten, mit jedem Krieg zu führen, während die Leute auf der Straße verhungern.* Sie sagen: *Amerikaner sind schwach.* Aber ihr und ich, wir wissen, dass das nicht stimmt. Ich sage, die Amerikaner sind stärker denn je.«

»Scheiß auf die Neider!«, rief ein Mann.

»Du wirst uns alle umbringen!«, rief eine Frau.

»Trickle-down-Wirtschaft!«, rief ein Zombie.

»Eine Menge Leute in diesem Land dachten, es wäre nicht mehr zu retten. Wir hatten acht Jahre lang die schlimmste Führung, die Amerika je hatte. Sie sagten: *Trump, Sie können das nicht richten. Alles ist verloren.* Und wisst ihr, was ich gesagt hab? Ich hab gesagt: *Amerika ist das tollste Land. Alle anderen Länder können unsere Riesenschwänze lutschen. Angefangen mit meinem.*«

»Wir sind unaufhaltsam!«

»Sie haben uns ruiniert!«

»Pelz ist Mord!«

»Ich will euch mal was sagen. Amerikanische Männer sind die stärksten Männer der Welt. Amerikanische Frauen sind die schärfsten Frauen. Und starke Männer und scharfe Frauen sind zusammen unaufhaltbar. Deswegen beseitigen wir all die Nichtamerikaner – die Männer, die nicht stark sind und die Frauen, die Schabracken sind. Und je weiter wir dieses Land zu den Grundsätzen von starken, amerikanischen Männern, die allen permanent in den Arsch treten, und scharfen, amerikanischen Frauen, die die Häuser für sie sauber halten und die Kinder für sie erziehen, zurückführen, desto unglaublicher wird das Land sein, zu dem wir werden.«

»Bring dich um!«, rief eine Frau.

»Einwanderungsreform!«, rief ein Zombie.

»Du bist ein Außerirdischer!«, rief Michael Moore.

»Okay, okay, beruhigt euch«, sagte Trump.

»Trump kommt aus dem All! Trump kommt aus dem All!«, rief Michael Moore.

Der Großteil der Menge, und Trump ebenso, drehten die Köpfe und betrachteten Moore mit Neugierde, aber die Zombies waren schnell dabei, ihm nachzureden, ohne dass sie Genaueres wissen mussten.

»Trump kommt aus dem All! Trump kommt aus dem All!«, riefen sie zusammen mit Michael Moore im Sprechchor.

»Was soll das? Was verdammt macht Michael Moore hier?«, fragte Donald Trump. »Wo steckt Ted Nugent?«

Aus den Schatten beim Eingang betrat Ted Nugent den Boden des Octagons mit einer kleinen Gruppe aus Mitgliedern des Secret Service. Sie näherten sich Trump, der allein in der Mitte des Sandbodens stand. Die Stadionplätze um ihn herum hatten sich in Zombiesprechchöre verwandelt.

»Trump kommt aus dem All! Trump kommt aus dem All!«

»Tatsächlich glaube ich, Mr. President«, sagte Ted Nugent, »dass wir Michael Moore Gehör schenken sollten.«

»Wovon reden Sie?«

»Kommen Sie her, Michael.«

Michael Moore verließ die Mitte der Menschenmenge und stieg die Stufen hinab, flankiert von Kamera-Typ und Ton-Typ.

»Wir haben unsere Beweise zusammengetragen«, sagte Michael Moore. »Ich und Glenn Beck und Alex Jones und all die Spinner. Wir haben zusammengearbeitet und dein Geheimnis entdeckt. Wir machten ein Video. Ted Nugent wird es für uns abspielen.«

»Es gibt keine Videos mehr«, sagte Trump, auf dessen Stirn sich ein Schweißfilm bildete. »Heutzutage kann niemand Videos machen. Das ist ein Trick! Halten Sie ihn auf, Nugent!«

Ted Nugent schüttelte den Kopf. »Ich hab das Video gesehen. Das amerikanische Volk sollte es auch sehen.«

»Haltet sie auf!«, rief Trump der Menge zu, aber niemand reagierte. Zu viele waren neugierig oder müde oder wütend. Zu viele waren auf Nugents Seite oder Moores oder jeder anderen als Trumps. Zu viele wollten wenigstens sehen, worum es ging. »Kommt schon! Prügelt ihnen die Scheiße aus dem Leib! Was stimmt nicht mit euch? Macht ihr blöden Idioten nie was anderes als glotzen? Wird das nicht langweilig, die ganze Zeit nur zu jubeln und zu buhen? Macht was!«

Doch sie sahen nur zu. Michael Moore und sein Team sprangen von der Wand in die Grube, zu Trump und Nugent und dem Secret Service. Ausnahmsweise waren die Menschen, die zuschauten, still. Ihre Blicke ruhten auf den Männern in der Grube und sie setzten das Urteil aus, bis sie gesehen hatten, was es zu sehen gab.

»Das Video ist bereit«, sagte Nugent. »Wir werden es auf der großen Leinwand abspielen.«

»Die große Leinwand ist nur für Notfälle«, sagte Trump. »Wir haben nicht mehr genug Elektrizität. Wir müssen sie mit Bedacht einsetzen.«

»Das ist ein Notfall«, sagte Nugent.

»Abspielen! Abspielen«, begann Michael Moore. Und die Zombies fielen beinahe augenblicklich mit ein.

Ted Nugent holte ein kleines, metallenes Steuergerät aus seiner Jacke und legte einen Schalter um. Vor Trump, in der Mitte der Grube, dröhnte die Erde und erhob sich. Ein gewaltiges Stahldreieck mit riesigen Bildschirmen an allen Seiten erhob sich aus dem Boden, bis es dreißig Meter hoch oben war und alle im Publikum einen der Bildschirme einsehen konnte.

»Jeder, der dieses Video ansieht, begeht Hochverrat!«, sagte Trump. »Ich werde die Gesetze über das Anschauen von Filmen aufweichen! Wir werden uns darum kümmern!«

Ted Nugent drückte auf den roten Knopf auf seiner Fernbedienung und das Video begann.

***

»Bevor es die Erde gab«, sagte eine Stimme auf dem Bildschirm, »gab es das, was ihr *die Grauen* nennt.«

Bilder von grauen Außerirdischen auf einer prähistorischen Erde erfüllten den Bildschirm – von Malern gefertigt, wenig mehr als Zeichnungen. Die Menge stöhnte.

»Die Grauen waren eine Rasse von hochintelligenten und weitentwickelten Lebensformen, die mehrere Planeten bevölkerten, wo sie in glücklichen und gedeihenden, fleißigen Kolonien lebten.«

Das Ächzen hörte abrupt auf, als ein lebender Grauer im Interview mit der Kamera auf dem Bildschirm erschien. Während er weiterredete, wurde eine Zivilisation eingeblendet. Gebäude aus Stahl und Glas zogen sich kilometerhoch in den Himmel, reflektierten buntes Sonnenlicht wie Prismen über senkrechte Regenwälder, die sich über jede Seitenfläche erstreckten. Am Himmel schossen fliegende Untertassen in alle Richtungen, während Graue in den Straßen geschäftig ihrem Tagwerk nachgingen.

»Wir erkundeten große Teile der Galaxie, begegneten allerhand Kreaturen und irgendwann auf unseren Reisen begegneten Mitglieder meiner Spezies zum ersten Mal den Haargetümen.«

Sie rollten über Wüstenebenen: Bälle aus nadelspitzem Schrecken. Wie Kakerlaken an einer Höhlenwand huschten sie zu Tausenden über das Land und machten dabei kein Geräusch außer dem leisen und andauernden Surren der Millionen von spitzen, tipp-tap-tippelnden Gliedern, die den Wüstensand durchbohrten.

»Man darf sie sich nicht so sehr wie ein Wesen oder ein Tier vorstellen, sondern vielmehr als riesige Parasiten. Sie hängten sich an uns Graue, immer an die Fleißigsten und Wohlhabendsten, und saugten uns aus. Sie glaubten, ihnen stünde das Beste zu, das unsere Kultur zu bieten hatte – wollten reich sein, die tollsten Häuser und Firmen besitzen, aber ohne dafür gearbeitet und es sich verdient zu haben.«

Auf dem Bildschirm schrie ein Grauer mit einem Kopf voller hässlicher, pissgelber Haare eine Menge aus glatzköpfigen Grauen an und diese schüttelten zustimmend oder wütend die Fäuste.

»Wir gerieten in ihren Bann. Erst als es zu spät war, verstanden wir, dass sie wie Blutsauger waren; aber sie ernährten sich nicht von Blut, sondern von Aufmerksamkeit und negativer Energie. Sie brachten die schlimmsten Seiten ihrer Wirte zum Vorschein, benutzten sie, um Vorurteile und Kriecherei und Hass aus den Massen zu saugen und alles in den Äther zu entlassen. Sie spalteten uns. Wir wendeten uns gegeneinander, bis unsere Zivilisation zusammenbrach.«

Jetzt lag der Planet der Grauen in Schutt und Asche da. Schiffe waren in Bauten gekracht, die wie Dominos umgefallen waren. Die Vegetation an den Gebäudeseiten war zu Boden gefallen und verrottet. In den Straßen lagen nur noch die Leichen einer einstmals gedeihenden Spezies.

»Wir wenigen Überlebenden flohen vor unseren blutrünstigen Brüdern und suchten nach ähnlichen Lebensformen, mit denen wir unser genetisches Material verbinden konnten. Wir taten, was wir tun mussten, um unsere Spezies vor der totalen Vernichtung zu bewahren. Wir hofften, dass zumindest ein kleiner Teil von uns im genetischen Material neuer Rassen weiterleben konnte, Rassen frei von unseren Fehlern. Die menschliche Rasse ist eines der Beispiele für solche Spezies.«

Es folgte eine Reihe von Aufnahmen fremdartiger Planeten, die von menschenähnlichen Außerirdischen bewohnt wurden, manche dreißig Meter groß, manche wasserbewohnend, manche, die aus unerklärlichen Gründen zu schweben schienen, sie alle mit ihren eigenen, ausgeprägten und komplexen Zivilisationen.

»Bis heute beobachten wir die Planeten, die wir assimilierten. Unsere Schlachten mit den Haargetümen toben weiter und wir werden wohl nicht mehr lange leben. Von uns ist fast keiner mehr übrig. Unsere einzige Hoffnung auf das Überleben liegt in den Spezies, von welchen wir ein Teil sind. Die einzige Möglichkeit, das zu sichern, besteht in fortlaufenden Anstrengungen, die Haargetüme auszulöschen, bevor sie unsere entfernten Verwandten finden und ihnen antun, was sie uns antaten, denn in der Tat machten die Haargetüme große Fortschritte damit.«

Weitere Zerstörung zeigte sich, von Planet zu Planet, von einer Zivilisation nach der anderen, alle von wischmopphaarigen Tyrannen beherrscht, bis die Gebäude brannten und Flüsse aus Blut durch die Rinnsteine flossen.

»Von all diesen Planeten hatte die Erde bisher Glück. Die menschliche Rasse stieß nur zu den seltensten Gelegenheiten auf Haargetüme – Adolf Hitler und sein bekanntermaßen alberner Schnurrbart. Dschingis Khan, der, wie die Geschichte größtenteils vergaß, furchtbar grässliches Haar hatte.«

Die Bildschirme zeigten eine Straße auf der Erde, Aufnahmen einer Kleinbildkamera, irgendwo neben einem Gebäude. Ein einzelnes Haargetüm schlüpfte aus einer Gasse über einen Gehsteig. Eine junge Frau machte einen Satz und verbarg sich weinend und schreiend in den Armen ihres Geliebten.

»Aber sie werden kommen«, sagte der Graue. »Solange meine Spezies ihre Aufgabe nicht zu Ende bringen kann, werden unsere Kinder auf der Erde den Haargetümen begegnen. Und wenn das geschieht – möge Florferstorfer ihrer Seele gnädig sein.«

Zwei Fotografien erschienen auf dem Bildschirm, eine von einem attraktiven und lächelnden Donald Trump mit makelloser Frisur und eine von einem schreienden, hassgesichtigen Wichtigtuer mit einer Mähne, die aussah, als würde sie die Menschen erblinden lassen, wenn man sie unter Schwarzlicht hielt.

***

»Tötet ihn!«, schrien die Liberalen in der Menge.
»Unsinn! Was soll's?«, sagten die Konservativen.
»Waffenkontrolle! Abtreibung!«, riefen die Zombies.
»Versteht ihr denn nicht?«, brüllte Michael Moore. »Unser Präsident ist kein menschliches Wesen. Er ist ein Außerirdischer!«

Die Konservativen in der Menge zuckten gelassen mit den Schultern, während sich andere einander zuwandten und sich zuraunten, dass sie das voll und ganz verstanden hatten.

Moore versuchte es mit: »Ein *illegaler Einwanderer*!«

Das gemeinschaftliche Keuchen erzeugte ein so starkes Vakuum, dass jeder in der Grube einen Arm hochhielt, um sich zu schützen.

»Er hat Anspruchsprobleme und glaubt, er kann den Lohn der Errungenschaften großer Männer ernten. Er zerstört unsere Wirtschaft und bald wird er auch unsere Lebensgrundlage zerstören.«

»Tötet ihn!«, schrien die Konservativen.

»Hey, macht mal halblang«, sagte eine liberale Stimme. »Das erscheint mir eine stereotype und gefährliche Ansicht über illegale Einwanderer zu sein.«

Ted Nugent jagte einen Armbrustbolzen durch die Brust des Liberalen. Nach einem Moment des Zögerns schüttelte die Menge zustimmend mit den Fäusten.

»Tötet den Präsidenten! Tötet den Präsidenten!«

»Okay, wartet, wartet, wartet. Lasst uns drüber reden«, sagte Trump. »Keiner hasst illegale Einwanderer mehr als ich. Keiner versteht den Wunsch, Menschen, die anders sind, zu verbrennen, so gut wie ich. Ich bin voll dafür, Menschen zu hassen, die anders sind. Das ist mein Ding. Aber nichts in dem Video ist wahr. Das ist traurig. Und wer immer dieser graue, außerirdische Freak ist, wahrscheinlich werd ich ihn verklagen. Wenn irgendwas von dem, was er gesagt hat, wahr wäre, dann wäre ich eitel und wichtigtuerisch und popularitätsbesessen. Aber jeder, der mich kennt, weiß, dass ich der am wenigsten wichtigtuerische Kerl bin, den es gibt. Sie sagen: *Trump ist so bescheiden. Ich kann's nicht glauben. Er ist der bescheidenste Mensch auf der Welt.* Das sagen sie. Keiner ist bescheidener als ich.«

»Hm … er ist wirklich bescheiden«, sagten die Konservativen.

»Kein bescheidener Mensch würde mit seiner eigenen Bescheidenheit prahlen!«, sagten die Liberalen.

»Hey … hey, stimmt!«, sagten die Konservativen. »Verbrennt ihn!«

Trump drehte sich um und rannte davon.

Kapitel 17

»Lasst die Zugbrücke runter, ihr Arschlöcher!«, schrie Trump über den Feuergraben zum Weißen Haus hinüber. »Ich bin euer Präsident! Ihr glaubt ja gar nicht, wie sehr ich euer Präsident bin!«

Das amerikanische Volk hatte ihn umzingelt. Seine Füße standen am Rand, wo die Erde jäh abfiel. Er kniff die Augen zusammen, als der Rauch ihm die Tränen hineintrieb. Der Geruch würgte ihn. Die Hitze trocknete sein ohnehin gerötetes Gesicht aus.

»Gib auf, Trump!«, sagte Michael Moore. »Das amerikanische Volk will dich nicht mehr.«

Die Menschen rückten näher, Fackeln und Waffen schwingend. Diejenigen, denen Hände fehlten, schwangen die Klingen, mit denen diese ersetzt worden waren. Konservative, Liberale, Reiche und Arme, Junge und Alte, Menschen aller Rassen, Religionen und sexueller Orientierungen – jede Grenze, die die Menschen entzweit hatte, war durchbrochen, und zum ersten Mal in der Geschichte standen sie vereint in der bemerkenswerten Überzeugung, dass Donald Trump sich ins Knie ficken sollte.

Die Ketten der Zugbrücke rasselten und die Menge trat zurück. Die riesige Platte aus Eisen und Holz senkte sich vor der amerikanischen Festung, während Trump grinste und dem amerikanischen Volk den Mittelfinger zeigte. Das Geräusch des Aufpralls der Zugbrücke auf dem Boden wich einer ohrenbetäubenden Stille. Trump drehte sich zum Weißen Haus um und blieb wie angewurzelt stehen. Vier Agenten des Secret Service bewegten sich über die Brücke auf ihn zu, mit Flammenwerfern bewaffnet, die sie auf seine Brust gerichtet hatten.

»Geben Sie auf, Mr. President«, sagte einer von ihnen. »Es wird Zeit, dass Sie zurücktreten.«

Trump ließ den Kopf hängen und atmete schwer. »Nein«, flüsterte er, hob der Meute das Zepter der ultimativen Zerstörung entgegen und drehte sich hierhin und dorthin, um allen gleichermaßen zu drohen. »Zurück! Bleibt zurück!«

»Du wirst uns alle töten, wenn du das hier einsetzt!«, sagte Moore. »Du wirst jeden im Umkreis von vielen Kilometern töten!«

»Lieber würde ich dieses Land bis auf den Grund niederbrennen, als es dem Volk zu überlassen.«

Ein Armbrustbolzen, von Ted Nugents geübter Hand abgefeuert, segelte an Körpern vorbei und blieb in Trumps Unterarm stecken. Trump stieß einen Schrei aus.

Bevor er das Zepter zum Vergeltungsschlag heben konnte, sprang ihn Ton-Typ an, rammte ihm eine Schulter in die Brust und legte beide Hände um das Zepter. Trump hielt es fest und weigerte sich, es loszulassen. Seine Augen waren zorngeweitet. Seine Hände glitten über das phallische Objekt und er knurrte: »Es kann nur Einen geben!«

»Feuer!«, rief Ted Nugent.

Ein Sperrfeuer aus Armbrustbolzen traf beide Männer, Trump und Ton-Typ, und sie schrien gemeinsam auf. Trump biss die Zähne zusammen und versteifte sich, die Faust noch immer um das Zepter geschlossen, als Ton-Typs Finger abglitten und ein einzelnes Husten aus seinem Mund kam. Er ging in die Knie und drehte den Kopf zur Menge.

»Was für ne scheiß Schießerei war das denn?«, krächzte er. Er fiel seitwärts um und stürzte über die Kante. Sein Körper zerplatzte und zischte, noch bevor er den Grund des Feuergrabens erreicht hatte.

»Nein!«, schrie Kamera-Typ, der noch ein paar Stunden zuvor geplant hatte, sich das Leben zu nehmen.

»Geben Sie mir das«, sagte Michael Moore und riss die einzige noch geladene Armbrust aus der Hand eines entsetzten Secret Service Agenten. Als er sich umdrehte, um Trump gegenüberzutreten, zog Trump die massivgoldene Handfeuerwaffe aus seinem Schulterholster und richtete sie direkt auf Moore.

»Warum machst du keine Dokumentation darüber?«, sagte Trump. Er feuerte die Waffe ab.

In dem Moment, bevor der Schuss erklang, warf sich Kamera-Typ gegen Trump, schlug seine Hand zur Seite und ließ ihn so Michael Moore verfehlen und stattdessen Wayne LaPierre erschießen, der in der Menge gestanden hatte. Kamera-Typ ballte die Fäuste und trommelte gegen Trumps Brustkorb, aber die schwachen Hiebe eines verzweifelten Mannes hatten keinen Effekt auf den Präsidenten. Donald Trump brachte die Waffe wieder nach oben und schoss Kamera-Typ in die Brust.

Michael Moore hob die Armbrust und feuerte. Das Zielen war schwerer, als er gedacht hatte; er schaffte es lediglich, Trump abermals in den Unterarm zu schießen, einen Zentimeter neben dem Treffer des Secret Service Agenten.

»Verdammte Scheiße!«, brüllte Trump, ließ die goldene Waffe fallen und krümmte sich zuckend zusammen. »Selbe Stelle!«

Trumps beide Hände fanden sich auf dem Zepter der ultimativen Zerstörung wieder, als er zu Moore herumwirbelte. Moore rannte mit gehobenem Speer-Arm auf ihn zu und schrie: »Für den Sozialismus!«

Er stieß seinen Speer-Arm vorwärts. Trump schlug ihn mit dem Zepter zur Seite.

»Du glaubst, du kannst mich besiegen? Du bist mir nicht gewachsen«, sagte Trump und briet Moore mit dem Zepter eins über. Moore sackte auf ein Knie. »Immer wieder hast du mich angebettelt, in deine Show zu kommen, und ich hab immer wieder Nein gesagt. Ich gehe nur in Sendungen mit guten Quoten, die ich dann verbessere. Du bist erledigt. Kannst nicht mal den Präsidenten töten. Traurig.«

Trump hob das Zepter der ultimativen Zerstörung über seinen Kopf und stieß es mit Schwung nach unten, rammte das spitze Ende durch Moores Brust und tiefer, bis es hinten wieder herausragte. Aus der Meute kamen Schreie, als Michael Moore Blut auf seine Brust hustete.

Mit fest geschlossenen Augen und verkrampftem Kiefer mobilisierte Moore die gesamte Energie, die ihm noch verblieb, um seinen massiven Körper zu drehen und seinen Speer-Arm in Donald Trumps Bauchspeck zu versenken.

Trumps Augen traten hervor und seine Züge verhärteten

sich, als er nach Luft schnappte. Mit einem letzten Aufbäumen von Stärke zog er das Zepter aus Moores Brust, doch während die Meute vor Entsetzen versteinert war und zu Jahwe und Allah und Florferstorfer betete, erschlaffte Donald Trumps Körper. Er brach vor Michael Moores Knien zusammen, am Fuß der Zugbrücke, und das Zepter rollte vor ihm über den Boden.

»Du bist gefeuert« sagte Michael Moore.

Applaus toste durch die Meute. Michael Moore legte sich nieder, eine Hand fest auf das Loch in seiner Brust gepresst, ein Lächeln im Gesicht. Er hatte es geschafft. Wenigstens ein Mal in seinem Leben hatte er etwas Gutes für Amerika getan. Sein Kopf kippte zur Seite und er fand sich Auge in Auge mit Kamera-Typ wieder. Beide verbluteten, beide lächelten.

»Du hast ne Kugel für mich gefangen«, sagte Michael Moore.

»Du hast uns Amerika zurückgeholt«, sagte Kamera-Typ. »Danke, Michael.«

»Ohne dich hätte ich es nicht geschafft, David«, sagte Michael Moore.

»Ich bin Phil, um genau zu sein. David war dein Ton-Typ. Aber du hast es versucht. Ich find's toll, dass du es versucht hast.«

Mit lächelnden Gesichtern nahmen Michael und David oder Phil oder wer auch immer ihre letzten Atemzüge und gestatteten es sich, vor der Zugbrücke des Weißen Hauses dahinzuscheiden.

»Verbrennt ihr Idioten ihn wohl endlich?«, rief Ted Nugent. »Verbrennt ihn!«

Die Secret Service Agenten auf der Zugbrücke näherten sich mit gezückten Flammenwerfern und spien Feuer über Trumps Brust und Bauch.

»Die Haare!«, schrie Nugent. »Die Haare, ihr Arschlöcher!«

Die Schaulustigen erschraken und erstarrten, als Donald Trumps Arme in die Höhe schossen und seine Augen, schon blassweiß glasig, sich öffneten. Mit steifen, ruckartigen Bewegungen kam der frisch zombifizierte Trump auf die Beine und rannte in einer Explosion aus weißem Licht durch die Meute.

»Haltet ihn auf!«, rief Ted Nugent. »Verbrennt die Haare!«

Überall um Zombie-Trump herum griffen Hände nach ihm und zogen sich dann zurück, wollten ihn festhalten, schafften es aber nicht, der Hitze der Flammen auf seiner Jacke standzuhalten. Sie machten den Weg für die Secret Service Agenten frei, die Trump jagten und ohne Rücksicht auf die Menge Feuer in seine Richtung schossen. Sofort stoben die Menschen davon und sprangen in Deckung, sodass Trump allein im Inferno zurückblieb.

Ein Hitzeschwall entzündete schließlich das Haargetüm auf Trumps Kopf. Es quiekte vor Schmerz und zappelte so wild, dass es die Hälfte der makellosen Frisur der wandelnden Trump-Leiche entblößte. Der Körper rannte mit steifen, fahrigen Schritten weiter.

Die Zivilistenmenge lag Schutz suchend auf dem Boden, als der leitende Secret Service Agent vorbeirannte. Sein Knöchel verfing sich unter dem Bauch einer jungen Frau und er fiel vorwärts, griff nach dem Agenten neben sich und riss ihn mit sich zu Boden. Der dritte Agent stolperte über die ersten beiden und alle drei fanden sich durch den Schmutz rollend wieder, während die Flammenwerfer unbeabsichtigt Feuer auf die Agenten und die Menge spien. Alle schrien und schlugen um sich, auch die Spezialagenten Larry, Curly und Moe.

Donald Trump hatte eine große Distanz überwunden. Der Abstand zwischen ihm und der Menge war beträchtlich. Er stolperte wie betrunken und schlug auf die Flammen auf dem verletzten Haargetüm ein, das lose an einer Seite seines Kopfes flatterte, während es sich darum bemühte, sich an seinem Gehirn festzuhalten, ihn zu zwingen, weiterzulaufen.

»Na los, ihr Blödmänner«, rief Ted Nugent seinen Agenten zu.

Ein Kreischen am Himmel zauberte eine stumme Reglosigkeit über die Menge. Alle Köpfe wandten sich zum Himmel, aus dem ein majestätischer Weißkopfseeadler im Sturzflug auftauchte. Seine Klauen packten Trumps Haare.

»Amtsenthebung!«, schrie der Weißkopfseeadler mit der unverwechselbaren Stimme von Alex Jones.

»Nein!«, lallte Trumps Körper in einem stumpfen Bariton, als ihm das Haargetüm endlich von der Kopfhaut gerissen wurde.

Sobald die Kreatur unsagbaren Schreckens entfernt war, brach Donald Trumps Körper zum letzten Mal zusammen. Alex Jones' Stimme schrie aus dem Schnabel des Weißkopfseeadlers, als sich das Haargetüme von seinen Krallen heraufstreckte und den Schädel des Adlers mit seinen Nadelspitzen durchstach. Eine Spitze drang tief hinein und ein

Flügel zuckte unkontrolliert, ließ den Jones-Adler nach links schlingern.

»Vorsicht!«, rief Nugent, als der Adler auf die Menge zuflog und seinen Kurs gerade rechtzeitig korrigierte, um sich in der Luft zu halten.

Es war hoffnungslos, dachte Alex Jones. Er hatte erwartet, das Haargetüm zur Feuergrube bringen und es hineinwerfen zu können, aber schon jetzt konnte er spüren, wie sich die Kreatur in sein Adlergehirn grub und seine Bewegungen kontrollierte. Schon jetzt war das Haargetüm im Begriff, zu gewinnen.

Alex Jones schloss die Augen und flog schnell. Er rammte das Gewicht all seiner Federn absichtlich gegen eine amerikanische Flagge, die sich hoch über der Menge erhob, riss sie vom Mast und verfing sich im Stoff. Die Flagge stürzte auf die atemlose Menge. Das Gewicht des Adlers und des Haargetüms zogen den Stoff rasch in die Tiefe, bis er mit einem quiekenden Geräusch auf dem Boden aufprallte und sofort zu zappeln begann, während die beiden Wesen in seinem Inneren miteinander kämpften.

»Verbrennt sie!«, rief Ted Nugent. »Verbrennt die amerikanische Flagge!«

»Verbrennt sie!«, riefen alle.

Der Secret Service umzingelte die Flagge von allen Seiten und eröffnete das Feuer, spuckte brennendes Benzin über die Flagge und den schreienden Adler, während das amerikanische Volk in donnernden, euphorischen Jubel ausbrach. Sie umarmten und küssten einander, tanzten und lachten, da sie spürten, wie ihr Albtraum mit dem Verbrennen der Flagge und des Adlers und des Aliens endlich ein Ende fand.

Um das aufplatzende Fleisch und das braun werdende Rot, Weiß und Blau herum nahmen sie sich in einem Kreis an den Händen und alle Menschen begannen zu singen.

»Oh schön bist du, ob weiter Himmel, ob bernsteinwogendem Getreid'.«

Die Schreie im Inneren des Stoffes wurden leiser und das Zappeln schwächer. Während es zuerst die unerschrockensten Menschen waren, die einander bei den Händen fassten, kamen jede Sekunde mehr hinzu, während sich die Angst vor einer Bedrohung in Nichts auflöste. In kurzer Zeit waren die Flagge und der Adler und das Haargetüm in der Feuersbrunst verloren und es gab nur noch Hitze und das Aufplatzen der Materie, die in ihr verbrannte.

»Ob purpurner Bergmajestät über fruchtbarer Ebene weit.«

Während die Menschen sich wiegten und lächelten, strengten sich Anthony Jeselnik und Seth MacFarlane an, Donald Trumps Leiche aus dem Dreck zu heben. Sie zogen ihn an den Armen zur Zugbrücke – seine Füße wurden hinterhergeschleift – und als sie den Rand der Grube erreichten, warfen sie den Körper in den Feuergraben. Zum zweiten Mal in seinem Leben wurde Donald Trump vom Friars Club verbraten.

»Amerika! Amerika! Gott schenke seine Gnade dir.«

Während sich einige Mitglieder der Menge über Michael Moore knieten, um ihm ihren Respekt zu zollen, bückte sich Senator Ron Paul, um das Zepter der ultimativen Zerstörung aufzuheben. Er hielt es in Händen – es war leichter als erwartet – und schüttelte den Kopf über die gewaltige Vernichtung, die dieses alberne Ding während all seiner

Zeit verursacht hatte. Er trat zum Rand des Feuergrabens, neben MacFarlane und Jeselnik, und streckte seine Hand über den Abgrund. Das Zepter lag flach auf seiner Handfläche.

»Und Gutheit krön' mit Bruderschaft, von Meer zu glänzend Meer.«

»Nein«, flüsterte Ron Paul, als sich seine Finger um das Zepter schlossen. Er trat vom Feuer zurück. »Es ist meines. Mein eigen. Mein Schatzzzzzz …« Er drückte sich an den Comedians vorbei, floh über die Zugbrücke und huschte, das Zepter zwischen den Zähnen, an der Wand des Weißen Hauses hinauf.

Kapitel 18

»Warum müssen wir so viel Fernsehen?«, stöhnte der Junge. »Können wir nicht ein bisschen Messerkampf üben oder so?«

»Wir müssen das tun, Mike«, sagte sein Vater. »Die Fernsehzeit ausfallen zu lassen ist illegal.«

»Aber es ist so langweilig!«

Mr. und Mrs. Woodhouse lachten.

»Weißt du, als deine Mom und ich Kinder waren, war Fernsehen cool. Es gab hunderte verschiedene Dinge zu sehen, jederzeit, und die Menschen haben zum Vergnügen eingeschaltet, nicht, weil es verlangt wurde. Unsere Eltern mussten uns auffordern, den Fernseher *aus*zuschalten.«

»Ja, klar«, sagte der kleine Mike.

»Es stimmt. Aber damals gab es nicht nur Politik im Fernsehen. Es gab Menschen, die über interessante Dinge gesprochen haben, und Kochsendungen und Autounfälle und Typen haben auf einander geschossen … im Fernsehen war alles zu finden. Und die Leute waren super cool. Super berühmt. Das waren die einzigen Menschen, über die der Rest von uns den ganzen Tag geredet hat.«

»Ihr habt nichts getan? Ihr habt nur anderen dabei zugesehen, wie sie was im Fernsehen machen und über sie gesprochen? Das klingt bescheuert.«

»Na ja …«, setzte Mr. Woodhouse an und bemerkte dann, dass er in die Enge getrieben war. »Man muss es vielleicht erlebt haben.«

»Pscht«, machte Mrs. Woodhouse. »Es fängt an.«

»Der Moment für das aufregende Ergebnis von *America's Next Top President* ist gekommen«, sagte Blauer Bill auf dem Bildschirm. »Ich denke, ich spreche für alle, wenn ich sage, dass wir interessante acht Jahre unter Gebieter Imperator Ron Paul dem Metzler erlebt haben.«

»Das kannst du laut sagen, Blauer Bill«, sagte Roter Bill. »Aber jetzt, da wir den dritten Weltkrieg in die Wege leiten, ist es an der Zeit, dass das amerikanische Volk den Anführer wählt, hinter dem es stehen kann – oder vielmehr den, vor dem es stehen kann. Und diesen beiden Kandidaten würde das Zepter der ultimativen Zerstörung ausgezeichnet stehen. Applaus für unsere blaue Kandidatin, Kim Kardashian, mit dem Haargetüm, das sie kontrolliert.«

»Ich bin so qualifiziert«, sagte Kardashian in das Toben aus Buhrufen und Jubel. »Ich bin am qualifiziertesten. Ihr werdet nicht glauben, wie qualifiziert ich bin.«

»Und hier ist unser roter Kandidat«, sagte Blauer Bill, »die feuerspuckende Schattengestalt.«

»Ich werde mit den Unwürdigen das Gleiche anstellen wie mit den Dinosauriern«, donnerte die feuerspuckende Schattengestalt der entsetzten Menge entgegen.

»Wisst ihr«, sagte Blauer Bill, »manchmal frage ich mich, ob es ein besseres Leben gibt, einen besseren Weg, als tödliche Macht an Wesen zu übergeben, deren Lebensaufgabe es ist, andere zu beherrschen. Zum Beispiel, wenn wir uns vereinen könnten und einen Weg finden, wie all das ohne sie funktioniert …«

Roter Bill drehte sich um und die beiden Bills sahen einander in die Augen. Sie runzelten die Stirnen und rieben sich die Gesichter.

In seinem Wohnzimmer schlug Mr. Woodhouse die Beine auseinander und beugte sich vor, näher zum Bildschirm, die Ellbogen auf den Knien. Mrs. Woodhouse neben ihm erstarrte. Auch ihr Blick war auf den Fernseher geheftet.

Überall in Amerika beugten sich die Menschen vor. Sie unterbrachen ihre Gespräche. Sie beobachteten die Bills.

»Ach, scheiß drauf«, sagte Blauer Bill und wedelte mit einer Hand vor seinem Gesicht.

»Ja, scheiß drauf«, sagte Roter Bill.

»Scheiß drauf«, sagte Amerika einstimmig.

– ENDE –